Fred Uhlman

L'ami retrouvé

*Traduit de l'anglais
par Léo Lack
Introduction
d'Arthur Koestler*

Gallimard

Titre original :

RÉUNION

© *Fred Uhlman, 1971.*
© *William Collins Sons & Co. Ltd., 1977, Pour l'Introduction.*
© *Éditions Gallimard, 1978, pour la traduction française.*

La vie de Fred Uhlman aura été aventureuse : c'est le moins qu'on en puisse dire.

Au cours des premiers mois de l'avènement d'Hitler, Fred Uhlman, alors avocat, quitta son pays et échappa ainsi au sort qui attendait nombre de Juifs. Toute sa famille compta parmi les victimes. Il s'installa à Paris, où il rencontra maints artistes célèbres. Ses amis Paul Elsas et Paul Westheim découvrirent son talent pour la peinture, et André Lhote écrivit bientôt qu'une carrière de peintre l'attendait.

Il lui fallait cependant trouver des moyens d'existence et il se livra à des occupations diverses : création d'un cinéma pour les enfants, journalisme, vente de tableaux, commerce de poissons tropicaux. Puis il décida de partir pour l'Espagne, où le coût de la vie était moindre. Son séjour à Tossa del Mar, siège de toute une colonie de peintres et d'expatriés, coïncida avec les premières manifestations de la guerre civile. Tous les Anglais se trouvant en Espagne devaient rentrer chez eux, mais Uhlman eut le temps d'y rencontrer sa future épouse, Diana, fille de Sir Henry Page Croft, membre du Parlement.

Rien n'avait préparé Uhlman à vivre en Angleterre, dont il ne connaissait ni la langue, ni la culture, ni les coutumes, mais il eut tôt fait de les assimiler. Le foyer des Uhlman devint un centre pour les réfugiés intellectuels, le quartier général pour l'aide à la gauche espagnole et la source d'activités anti-nazies (au début de la guerre, il fut convoqué à Cambridge pour discuter de l'opportunité d'assassiner immédiatement Hitler). Mais quelques mois plus tard, alors que sa femme attendait son premier enfant, Fred Uhlman fut arrêté comme adversaire étranger et envoyé à l'Ile de Man avec un étrange assemblage de professeurs, d'artistes et de politiciens. Les internés passaient leur temps à peindre ou à écouter des conférences, et, parmi eux, Uhlman conserva son sens de l'humour.

Libéré, il continua de peindre et exposa bientôt en compagnie d'Epstein, Henry Moore et Matthew Smith. En tant que peintre, il avait réussi. De plus, il était devenu un Anglais accompli. « La vie, écrit-il, peut ici manquer d'intensité, mais si la tolérance, la bonté, la maturité politique et l'équité sont la pierre de touche de la civilisation, la Grande-Bretagne est la nation la plus civilisée du monde. »

Quant à son style — chose extraordinaire pour un homme dont la langue maternelle est l'allemand — il écrit l'anglais avec une élégance et une simplicité merveilleuses.

A Paul et
Millicent Bloomfield

INTRODUCTION

Quelques années auparavant, lorsque je lus pour la première fois Reunion (L'ami retrouvé), *de Fred Uhlman, j'écrivis à l'auteur (je ne le connaissais alors de réputation que comme peintre) que je considérais cette œuvre comme un chef-d'œuvre mineur, qualificatif qui exige peut-être une brève explication. Il avait trait à la petite dimension du livre et à l'impression qu'en dépit de ce qu'il avait pour thème la plus affreuse tragédie de l'histoire humaine, il était écrit dans un ton mineur plein de nostalgie.*

De par son format, l'ouvrage n'est ni un roman, ni une nouvelle, mais un récit, forme d'art plus appréciée sur le continent qu'ici. Le volume et la qualité panoramique du roman lui font défaut, mais ce n'est pas non plus une nouvelle parce que celle-ci traite généralement d'un épisode, d'un fragment de

9

vie, alors que le récit aspire à être quelque chose de plus complet : un roman en miniature. Fred Uhlman y réussit admirablement, peut-être parce que les peintres savent comment adapter la composition à la dimension de la toile, tandis que les écrivains, malheureusement, ont une provision illimitée de papier.

Il réussit également à prêter à son récit une qualité musicale obsédante et lyrique à la fois. « Mes blessures, dit son héros, Hans Schwarz, ne sont pas cicatrisées, et chaque fois que l'Allemagne se rappelle à moi, c'est comme si on les frottait de sel. » Ses souvenirs sont cependant imprégnés de son désir « des collines bleuâtres de la Souabe, pleines de douceur et de sérénité, couvertes de vignobles et couronnées de châteaux » et de la « Forêt-Noire, où les sombres bois, qui exhalaient l'odeur des champignons et des larmes ambrées des lentisques, étaient émaillés de ruisseaux à truites sur les rives desquels se dressaient des scieries ». Il est chassé d'Allemagne, ses parents sont acculés au suicide, et pourtant l'arrière-goût qui subsiste du récit est le parfum du vin de la région dégusté dans les auberges aux sombres boiseries des rives du Neckar et du Rhin. Il n'y a là rien de la *fureur wagnérienne : c'est comme si Mozart avait récrit* Le Crépuscule des dieux.

Des centaines de gros ouvrages ont été consacrés à l'époque où les cadavres étaient fondus et transformés en savon pour assurer la propreté de la race maîtresse. Mais je crois sincèrement que ce mince volume trouvera sur les rayons des bibliothèques une place durable.

Arthur Koestler

Londres, juin 1976

I

Il entra dans ma vie en février 1932 pour n'en jamais sortir. Plus d'un quart de siècle a passé depuis lors, plus de neuf mille journées fastidieuses et décousues, que le sentiment de l'effort ou du travail sans espérance contribuait à rendre vides, des années et des jours, nombre d'entre eux aussi morts que les feuilles desséchées d'un arbre mort.

Je puis me rappeler le jour et l'heure où, pour la première fois, mon regard se posa sur ce garçon qui allait devenir la source de mon plus grand bonheur et de mon plus grand désespoir. C'était deux jours après mon seizième anniversaire, à trois heures de l'après-midi, par une grise et sombre journée d'hiver allemand. J'étais au Karl Alexander Gymnasium à Stuttgart, le lycée le plus renommé du Wurtemberg, fondé en

13

1521, l'année où Luther parut devant Charles Quint, empereur du Saint Empire et roi d'Espagne.

Je me souviens de chaque détail : la salle de classe avec ses tables et ses bancs massifs, l'aigre odeur de quarante manteaux d'hiver humides, les mares de neige fondue, les traces jaunâtres sur les murs gris là où, avant la révolution, étaient accrochés les portraits du Kaiser Guillaume et du roi du Wurtemberg. En fermant les yeux, je vois encore les dos de mes camarades de classe, dont un grand nombre périrent plus tard dans les steppes russes ou dans les sables d'Alamein. J'entends encore la voix lasse et désillusionnée de Herr Zimmermann qui, condamné à enseigner toute sa vie, avait accepté son sort avec une triste résignation. Il avait le teint jaune et ses cheveux, sa moustache et sa barbe en pointe étaient teintés de gris. Il regardait le monde à travers un pince-nez posé sur le bout de son nez avec l'expression d'un chien bâtard en quête de nourriture. Bien qu'il n'eût sans doute pas plus de cinquante ans, il nous paraissait, à nous, en avoir quatre-vingts. Nous le méprisions parce qu'il était doux et bon et avait l'odeur d'un homme pauvre ;

probablement n'y avait-il pas de salle de bains dans son logement de deux pièces. Durant l'automne et les longs mois d'hiver, il portait un costume tout rapiécé, verdâtre et luisant (il avait un second costume pour le printemps et l'été). Nous le traitions avec dédain et, de temps à autre, avec cruauté, cette lâche cruauté qui est celle de garçons bien portants à l'égard des faibles, des vieux et des êtres sans défense.

Le jour s'assombrissait, mais il ne faisait pas assez nuit pour éclairer la salle et, à travers les vitres, je voyais encore clairement l'église de la garnison, une affreuse construction de la fin du XIXe siècle, pour le moment embellie par la neige recouvrant ses tours jumelles qui transperçaient le ciel de plomb. Belles aussi étaient les blanches collines qui entouraient ma ville natale, au-delà de laquelle le monde semblait finir et le mystère commencer. J'étais somnolent, faisant de petits dessins, rêvant, m'arrachant parfois un cheveu pour me tenir éveillé, lorsqu'on frappa à la porte. Avant que Herr Zimmermann pût dire : « *Herein* », parut le professeur Klett, le proviseur. Mais personne ne regarda le petit homme tiré à quatre épingles, car tous les yeux étaient tournés vers l'étranger qui le suivait, tout comme Phèdre eût pu suivre Socrate.

Nous le regardions fixement, comme si nous avions vu un fantôme. Probablement tout comme les autres, ce qui me frappa plus que son maintien plein d'assurance, son air aristocratique et son sourire nuancé d'un léger dédain, ce fut son élégance. En matière de style vestimentaire, nous faisions à nous tous un morne assemblage. La plupart de nos mères avaient le sentiment que n'importe quels vêtements étaient assez bons pour aller en classe aussi longtemps qu'ils étaient faits d'étoffe solide et durable. Nous ne nous intéressions encore aux filles que médiocrement, de sorte que peu nous importait cet accoutrement pratique et de bon usage de vestes et de culottes courtes achetées dans l'espoir qu'elles dureraient jusqu'à ce que nous devenions trop grands pour elles.

Mais, pour lui, c'était différent. Il portait un pantalon de bonne coupe et au pli impeccable qui, de toute évidence, n'était pas, comme les nôtres, un vêtement de confection. Son luxueux costume gris clair était fait de tissu à chevrons et, presque certainement, « garanti anglais ». Sa chemise était bleu pâle et sa cravate bleu foncé ornée de petits pois blancs. Par contraste, nos cravates paraissaient sales, graisseuses et éraillées. Et bien que nous considérions comme efféminée toute tentative d'élégance, nous ne pouvions nous empêcher de regarder avec envie cette image d'aisance et de distinction.

Le professeur Klett alla tout droit à Herr Zimmermann, lui murmura quelque chose à l'oreille et disparut sans que nous l'eussions remarqué parce que nos regards étaient concentrés sur le nouveau venu. Il se tenait immobile et calme, sans le moindre signe de nervosité. Il paraissait, en quelque sorte, plus âgé et plus mûr que nous et il était difficile de croire qu'il n'était qu'un nouvel élève. S'il avait disparu aussi silencieusement et mystérieusement qu'il était entré, cela ne nous eût pas surpris.

Herr Zimmermann remonta son pince-nez, parcourut la salle de ses yeux fatigués, découvrit un siège vide juste devant moi, descendit de son estrade et, à l'étonnement de toute la classe, accompagna le nouveau venu jusqu'à la place qui lui était assignée. Puis, inclinant légèrement la tête comme s'il avait presque envie de le saluer, mais ne l'osait tout à fait, il retourna lentement vers l'estrade à reculons, ne cessant de faire face à l'étranger. Regagnant son siège, il s'adressa à lui : « Voudriez-vous, je vous prie, me donner votre nom, votre prénom, ainsi que la date et le lieu de votre naissance ? »

Le jeune homme se leva. « Graf von Hohenfels, Conrad, annonça-t-il, né le 19 janvier 1916 à Burg Hohenfels, Wurtemberg. » Puis il se rassit.

II

Je regardais fixement cet étrange garçon,
qui avait exactement mon âge, comme s'il
était venu d'un autre monde. Non parce
qu'il était comte. Il y avait plusieurs
« von » dans ma classe, mais ils ne semblaient pas différents de nous, qui étions
des fils de marchands, de banquiers, de
pasteurs, de tailleurs ou d'employés des
chemins de fer. Il y avait Freiherr von Gall,
un pauvre garçon, fils d'un officier en
retraite dont les moyens ne lui permettaient
de donner à ses enfants que de la marga-
rine. Il y avait le baron von Waldeslust,
dont le père avait un château près de
Wimpfen-am-Neckar ; un ancêtre de celui-
ci avait été anobli pour avoir rendu au duc
Eberhard Ludwig des services d'une nature
douteuse. Nous avions même un prince
Hubertus Schleim-Gleim-Lichtenstein,

mais il était si stupide que même son ascendance princière ne pouvait le préserver d'être la risée de tous.

Mais là, le cas était différent. Les Hohenfels faisaient partie de notre histoire. Il est vrai que leur château, situé entre Hohenstaufen, le Teck et Hohenzollern, était en ruine et que ses tours détruites laissaient à nu le cône de la montagne, mais leur célébrité était encore vivace. Je connaissais leurs exploits aussi bien que ceux de Scipion l'Africain, d'Hannibal ou de César. Hildebrandt von Hohenfels était mort en 1190 en essayant de sauver Frédéric 1er de Hohenstaufen, le grand Barberousse, de la noyade dans le Cydnus en Asie Mineure, rivière au courant rapide. Anno von Hohenfels était l'ami de Frédéric II, le plus magnifique des Hohenstaufen, Stupor Mundi ; il l'avait aidé à écrire *De arte venandi cum avibus* et mourut à Salerne en 1247 dans les bras de l'empereur. (Son corps repose encore à Catane, dans un sarcophage de porphyre supporté par quatre lions.) Frédéric von Hohenfels, inhumé à Kloster Hirschau, fut tué à Pavie après avoir fait prisonnier le roi de France, François 1er. Waldemar von Hohenfels tomba à Leipzig. Deux frères, Fritz et Ulrich, périrent à Champigny en 1871, d'abord le plus jeune, puis l'aîné en essayant de le mettre en lieu sûr. Un autre Frédéric von Hohenfels fut tué à Verdun.

Et là, à quelque cinquante centimètres de moi, était assis un membre de cette illustre famille de Souabe, partageant la même salle que moi, sous mes yeux observateurs et fascinés. Le moindre de ses mouvements m'intéressait : sa façon d'ouvrir son cartable ciré, celle dont il disposait, de ses mains blanches et d'une irréprochable propreté (si différentes des miennes, courtes, maladroites et tachées d'encre), son stylo et ses crayons bien taillés, celle dont il ouvrait et fermait son cahier. Tout en lui éveillait ma curiosité : le soin avec lequel il choisissait son crayon, sa manière de s'asseoir — bien droit, comme si, à tout moment, il dût avoir à se lever pour donner un ordre à une armée invisible — et celle de passer sa main dans ses cheveux blonds. Je ne relâchais mon attention que lorsque, comme tous les autres, il commençait à s'ennuyer et s'agitait en attendant la cloche de la récréation entre les cours. J'observais son fier visage aux traits joliment ciselés et, en vérité, nul adorateur n'eût pu contempler Hélène de Troie plus intensément ou être plus convaincu de sa propre infériorité. Qui donc étais-je pour oser lui parler ? Dans quels ghettos d'Europe mes ancêtres avaient-ils croupi quand Frédéric von Hohenstaufen avait tendu à Anno von Hohenfels sa main ornée de bagues ? Que pouvais-je donc, moi, fils d'un médecin juif, petit-fils et arrière-petit-fils d'un rabbin et d'une lignée de petits commerçants et de marchands de bestiaux, offrir à ce garçon aux cheveux d'or dont le seul nom m'emplissait d'un tel respect mêlé de crainte ?

Comment, dans toute sa gloire, serait-il capable de comprendre ma timidité, ma susceptible fierté, ma peur d'être blessé ? Qu'avait-il, lui, Conrad von Hohenfels, de commun avec moi, Hans Schwarz, dépourvu d'assurance et de grâce mondaine ?

Chose étrange, je n'étais pas le seul à éprouver de la nervosité à lui parler. Presque tous les autres semblaient l'éviter. Généralement grossiers en paroles et en actions, toujours prêts à s'interpeller par des sobriquets dégoûtants (Punaise, Saucisse, Cochon, Tête-de-Lard), se bousculant avec ou sans provocation, tous étaient silencieux et gênés en sa présence, lui laissant le passage chaque fois qu'il se levait et où qu'il allât. Ils semblaient, eux aussi, être sous un charme. Si l'un de nous avait osé paraître habillé comme Hohenfels, il se fût exposé à un ridicule sans merci. On eût dit que Herr Zimmermann lui-même craignait de le déranger.

Autre chose encore. Ses devoirs du soir étaient corrigés avec le plus grand soin. Là où Zimmermann se bornait à écrire en marge de mon cahier de brèves remarques, telles que « Mal construit », « Que signifie ceci ? » ou « Pas trop mal », « Moins de négligence, s'il vous plaît », son travail à lui était corrigé avec une profusion d'observations et d'explications qui devaient avoir coûté à notre professeur nombre de minutes de corvée supplémentaire.

Il paraissait ne pas se soucier d'être abandonné à lui-même. Peut-être en avait-il l'habitude. Mais il ne donnait jamais la plus légère impression de morgue ou de vanité ni du moindre désir conscient d'être différent des autres élèves, à une exception près : à notre encontre, il était toujours extrêmement poli, souriait quand on lui parlait et

23

tenait la porte ouverte lorsque quelqu'un désirait quitter la salle. Et pourtant, les garçons semblaient avoir peur de lui. Je ne puis que supposer que c'était le mythe des Hohenfels qui, ainsi que moi, les rendait timides et les embarrassait.

Le prince et le baron eux-mêmes le laissèrent d'abord de côté, mais, une semaine après son arrivée, je vis tous les « von » s'approcher de lui pendant la récréation qui suivit le second cours. Le prince lui parla, puis le baron et le Freiherr. Je ne pus saisir que quelques mots : « Ma tante Hohenlohe », « Maxie a dit » (qui était « Maxie » ?). D'autres noms furent cités qui, de toute évidence, leur étaient à tous familiers. Certains d'entre eux provoquèrent l'hilarité générale, d'autres furent prononcés avec toutes les marques possibles de respect, presque murmurés, comme si un personnage royal était présent. Mais cette conversation sembla n'aboutir à rien. Par la suite, lorsqu'ils se croisaient, ils se bornaient à des signes de tête et à des sourires et à échanger quelques mots, mais Conrad paraissait aussi réservé que jamais.

Quelques jours plus tard, ce fut le tour du « Caviar de la Classe ». Trois garçons, Reutter, Müller et Frank, étaient connus sous ce sobriquet parce qu'ils faisaient bande à part dans la conviction qu'eux seuls parmi nous étaient destinés à faire carrière dans le monde. Ils allaient au théâtre et à l'Opéra, lisaient Baudelaire, Rimbaud et Rilke, parlaient de paranoïa et du ça, s'enthousiasmaient pour *Dorian Gray* et *La Saga des Forsyte,* et, bien entendu, s'admiraient mutuellement. Le père de Frank était un riche industriel et ils se réunissaient régulièrement chez lui, où ils rencontraient quelques acteurs et actrices, un peintre qui allait de temps à autre à Paris pour voir « mon ami Pablo » et plusieurs dames qui avaient des ambitions et des relations littéraires. On leur donnait la permission de fumer et ils appelaient les actrices par leur prénom.

Après avoir décidé à l'unanimité qu'un von Hohenfels serait une aubaine pour leur coterie, ils l'abordèrent, non sans agitation. Frank, le moins nerveux des trois, l'arrêta comme il sortait de la classe. Il bredouilla quelque chose à propos de « notre petit salon », de lectures de poèmes, du besoin de se défendre contre le *profanum vulgus* et ajouta qu'ils seraient honorés s'il voulait se joindre à leur *Literaturbund*. Hohenfels, qui n'avait jamais entendu parler du Caviar, sourit poliment, dit qu'il était terriblement occupé « pour le moment », et laissa les trois matois frustrés.

III

Je ne puis me rappeler exactement le jour
où je décidai qu'il fallait que Conrad devînt
mon ami, mais je ne doutais pas qu'il le
deviendrait. Jusqu'à son arrivée, j'avais été
sans ami. Il n'y avait pas, dans ma classe,
un seul garçon qui répondît à mon roma-
nesque idéal de l'amitié, pas un seul que
j'admirais réellement, pour qui j'aurais
volontiers donné ma vie et qui eût compris
mon exigence d'une confiance, d'une abnégation et d'un loyalisme absolus. Tous
m'apparaissaient comme des Souabes bien
portants et dépourvus d'imagination, plus
ou moins lourds et assez insignifiants, et les
membres du Caviar eux-mêmes n'y faisaient pas exception. La plupart d'entre eux
étaient gentils et je m'entendais assez bien

avec eux. Mais tout comme je n'avais pas pour eux de sympathie particulière, ils n'en avaient pas pour moi. Je n'allais jamais chez eux et ils ne venaient jamais chez moi. Peut-être une autre raison de ma froideur était-elle due à ce que tous avaient l'esprit terriblement positif et savaient déjà ce qu'ils seraient plus tard : avocats, officiers, professeurs, pasteurs, banquiers. Moi seul n'en avais aucune idée ; je me bornais à de vagues rêveries et à des désirs plus vagues encore. Je ne souhaitais qu'une chose : voyager, et je croyais que je serais un jour un grand poète.

J'ai hésité avant d'écrire : « un ami pour qui j'aurais volontiers donné ma vie ». Mais, même après trente années écoulées, je crois que ce n'était pas une exagération et que j'eusse été prêt à mourir pour un ami, presque avec joie. Tout comme je tenais pour naturel qu'il fût *dulce et decorum pro Germania mori*, j'eusse admis que mourir *pro amico* était également *dulce et decorum*. Entre seize et dix-huit ans, les jeunes gens allient parfois une naïve innocence et une radieuse pureté de corps et d'esprit à un besoin passionné d'abnégation absolue et désintéressée. Cette phase ne dure généralement que peu de temps, mais, à cause de son intensité et de son unicité, elle demeure l'une des expériences les plus précieuses de la vie.

IV

Tout ce que je savais alors était qu'il allait devenir mon ami. Tout m'attirait vers lui, d'abord, et avant tout, la gloire de son nom qui, pour moi, le distinguait de tous les autres garçons, y compris les « von » (comme j'eusse été plus attiré par la duchesse de Guermantes que par une Mme Meunier). Puis la fierté de son maintien, ses manières, son élégance, sa beauté — et qui eût pu y rester tout à fait insensible ? — me donnaient fortement à croire que j'avais enfin trouvé quelqu'un qui répondait à mon idéal d'un ami.

Le problème était de l'attirer vers moi. Que pouvais-je lui offrir, à lui qui avait aimablement, mais avec fermeté. repoussé les aristocrates et le Caviar ? Comment pouvais-je le conquérir lorsqu'il était retranché derrière les barrières de la tradition, sa fierté naturelle et sa morgue acquise ? De plus, il semblait parfaitement satisfait d'être seul et de rester à l'écart des autres élèves, auxquels il ne se mêlait que parce qu'il le fallait.

Comment attirer son attention, comment le pénétrer du fait que j'étais différent de ce morne troupeau, comment le convaincre que moi seul devais être son ami ? C'était là un problème auquel je n'avais aucune réponse précise. Je savais instinctivement qu'il me fallait me mettre en relief. Je commençai soudain à prendre un intérêt nouveau à ce qui se passait en classe. Normalement, j'étais heureux d'être abandonné à mes rêves, de n'être pas dérangé par des questions ou des problèmes, attendant que la cloche me libérât de ces fastidieuses besognes. Il n'y avait eu pour moi aucune raison particulière de faire impression sur mes camarades. Puisque je passais avec succès mes examens, qui ne me réclamaient pas un grand effort, pourquoi me donner du mal ? Pourquoi faire impression sur les professeurs, ces vieillards las et sans illusions qui nous disaient que *non scholae sed vitae discimus*, alors que c'était, me semblait-il, le contraire ?

31

Mais je commençai donc à m'animer. Je saisissais l'occasion de me manifester chaque fois que j'avais quelque chose à dire. Je discutais de *Madame Bovary* et de l'existence ou de la non-existence d'Homère, j'attaquais Schiller, je qualifiais Heine de poète pour voyageurs de commerce et proclamais Hölderlin le plus grand poète d'Allemagne, « plus grand même que Goethe. » Jetant un regard en arrière, je vois combien tout cela était puéril, mais, à coup sûr, j'électrisai mes professeurs et attirai même l'attention du Caviar. Les résultats me surprirent également. Les maîtres, qui s'étaient désintéressés de moi, eurent soudain l'impression que leurs efforts, en fin de compte, n'avaient pas été perdus et qu'ils étaient enfin récompensés de leur peine. Ils se tournèrent vers moi avec un espoir renouvelé et une joie touchante, presque pathétique. Ils me demandèrent de traduire et d'expliquer des scènes de *Faust* et de *Hamlet*, ce que je fis avec un réel plaisir et, je crois, quelque compréhension.

Mon second effort déterminé se déploya au cours des quelques heures consacrées aux exercices physiques. En ce temps-là — peut-être est-ce aujourd'hui différent — nos professeurs, au Karl Alexander Gymnasium, tenaient le sport pour un luxe. Courir après un ballon pour le botter, comme cela se faisait en Amérique et en Angleterre, leur apparaissait comme une terrible perte d'un temps précieux qui eût pu être employé avec plus de profit à acquérir un peu de savoir. Deux heures par semaine pour fortifier son corps était considéré comme plus que suffisant. Notre professeur de gymnastique, Max Loehr, surnommé Max-les-Biceps, un petit homme vigoureux et bruyant, brûlait désespérément de développer notre poitrine, nos bras et nos jambes aussi intensément que possible dans le temps réduit mis à sa disposition. Il utilisait à cet effet trois instruments de torture d'une notoriété internationale : la barre fixe, les barres parallèles et le cheval d'arçon. La formule habituelle était une course autour de la salle, puis des exercices de flexion et d'extension. Après cette mise en train, Max-les-Biceps allait à son instrument préféré, la barre fixe, et nous montrait quelques exercices, aussi faciles pour lui qu'enjamber une bûche, mais extrêmement difficiles pour la plupart d'entre nous. Il demandait habituellement à l'un des garçons les plus agiles de rivaliser avec sa démonstration et, parfois, me choisissait. Mais, dans les derniers mois, il avait le plus souvent désigné Eisemann, qui aimait à se faire valoir et voulait en tout cas être officier dans la Reichswehr.

Cette fois, j'étais déterminé à intervenir. Max-les-Biceps retourna à la barre fixe, se tint sous elle au garde à vous, étendit les bras, puis sauta avec élégance et saisit la barre dans sa poigne de fer. Avec une aisance et une adresse incroyables, il souleva lentement son corps, pouce à pouce, jusqu'à la barre et s'y appuya. Il se tourna alors à droite, étendit les deux bras, revenant à son ancienne position, se tourna à gauche et reprit la position de repos. Mais, tout à coup, il parut tomber et, pour un moment, resta accroché à la pliure des genoux, ses mains touchant presque le sol. Il se mit à tourner lentement, puis de plus en plus vite, jusqu'à ce qu'il regagnât sa place sur la barre. Alors, d'un mouvement rapide et admirable, il s'élança dans le vide et atterrit sur ses orteils avec un bruit mat et des plus légers. Son habileté semblait rendre l'exploit facile, mais, de fait, il réclamait une maîtrise absolue, un équilibre merveilleux, et aussi du sang-froid. Sur ces trois qualités, j'avais un peu des deux premières, mais je ne puis dire que j'étais très courageux. Souvent, à la dernière minute, je doutais d'y arriver. A peine osais-je lâcher la barre et, quand je le faisais, il ne m'entrait jamais dans la tête que je pourrais le faire presque aussi bien que Max-les-Biceps. Il y avait là la différence entre un jongleur capable de garder six balles en l'air et quelqu'un qui est reconnaissant d'être à même d'en manier trois.

En cette occasion particulière, je fis un pas en avant dès que Max eut terminé sa démonstration et le regardai bien en face. Il hésita une seconde, puis : « Schwarz », dit-il.

J'allai lentement jusqu'à la barre, me tins au garde à vous et sautai. Comme le sien, mon corps s'appuya sur la barre. Je parcourus la salle du regard. Je vis Max au-dessous de moi, prêt à intervenir en cas de ratage. Silencieux, les garçons m'observaient. Je regardai Hohenfels et, quand je vis ses yeux fixés sur moi, je soulevai mon corps de droite à gauche, puis de gauche à droite, restai accroché à la pliure des genoux, puis me haussai sur la barre et m'y appuyai une seconde. Je n'éprouvais aucune crainte, mais un seul désir : celui de vaincre. C'est pour *lui* que j'allais réussir. Je me dressai soudain à la verticale, sautai par-dessus la barre, me projetai en l'air... puis floc !

J'étais du moins sur mes pieds.

Il y eut quelques petits rires réprimés, mais quelques garçons applaudirent. Certains d'entre eux n'étaient pas de si mauvais bougres...

Demeurant immobile, je tournai les yeux vers *lui*. Conrad, inutile de le dire, n'avait pas ri. Il n'avait pas non plus applaudi. Mais il *me* regardait.

Quelques jours plus tard, je vins au lycée avec quelques pièces de monnaie grecques (je collectionnais les pièces de monnaie depuis l'âge de douze ans). J'avais apporté une drachme d'argent corinthienne, un hibou de Pallas Athéna, une effigie d'Alexandre le Grand, et, dès qu'il approcha de sa place, je fis semblant de les examiner à la loupe. Il me vit les regarder et, ainsi que je l'avais espéré, la curiosité l'emporta sur sa réserve. Il me demanda la permission de les regarder aussi. A sa façon de manipuler les pièces, je vis qu'il s'y connaissait. Il avait du collectionneur la manière de palper les objets bien-aimés et le regard appréciateur et caressant. Il me dit qu'il collectionnait, lui aussi, les pièces de monnaie, possédait le hibou, mais non mon effigie d'Alexandre. En revanche, il comptait dans sa collection quelques pièces que je n'avais pas.

Nous fûmes interrompus à ce moment par l'entrée du professeur et, quand vint la récréation de dix heures, Conrad parut avoir perdu tout intérêt aux pièces et quitta la salle sans même me regarder. Pourtant, je me sentais heureux. C'était la première fois qu'il m'avait parlé et j'étais déterminé à ce qu'elle ne fût pas la dernière.

V

Trois jours plus tard, le 15 mars — je n'oublierai jamais cette date —, je rentrais de l'école par une douce et fraîche soirée de printemps. Les amandiers étaient en fleur, les crocus avaient fait leur apparition, le ciel était bleu pastel et vert d'eau, un ciel nordique avec un soupçon de ciel italien. J'aperçus Hohenfels devant moi. Il semblait hésiter et attendre quelqu'un. Je ralentis le pas — j'avais peur de le dépasser — mais il me fallait continuer mon chemin, car ne pas le faire eût été ridicule et il eût pu se méprendre sur mon hésitation. Quand je l'eus presque rattrapé, il se retourna et me sourit. Puis, d'un geste étrangement gauche et encore indécis, il serra ma main tremblante. « C'est toi, Hans ! » dit-il, et, tout à coup, je me rendis compte, à ma joie, à mon soulagement et à ma stupéfaction, qu'il était aussi timide que moi et, autant que moi, avait besoin d'un ami.

Je ne puis guère me rappeler ce que Conrad me dit ce jour-là ni ce que je lui dis. Tout ce que je sais est que, pendant une heure, nous marchâmes de long en large comme deux jeunes amoureux, encore nerveux, encore intimidés, mais je savais en quelque sorte que ce n'était là qu'un commencement et que, dès lors, ma vie ne serait plus morne et vide, mais pleine d'espoir et de richesse pour tous deux.

Quand je le quittai enfin, je courus sur tout le chemin du retour. Je riais, je parlais tout seul, j'avais envie de crier, de chanter, et je trouvai très difficile de ne pas dire à mes parents combien j'étais heureux, que toute ma vie avait changé et que je n'étais plus un mendiant, mais riche comme Crésus. Mes parents étaient, grâce à Dieu, trop absorbés pour observer le changement qui s'était fait en moi. Ils étaient habitués à mes expressions maussades et ennuyées, à mes réponses évasives et à mes silences prolongés, qu'ils attribuaient aux troubles de la croissance et à la mystérieuse transition de l'adolescence à l'âge viril. De temps à autre, ma mère avait essayé de pénétrer mes défenses et tenté une ou deux fois de me caresser les cheveux, mais elle y avait depuis longtemps renoncé, découragée par mon obstination et mon manque de réceptivité.

Mais, plus tard, une réaction se produisit. Je dormis mal parce que j'appréhendais le lendemain matin. Peut-être m'avait-il déjà oublié où regrettait-il sa reddition ? Peut-être avais-je commis une erreur en lui laissant voir à quel point j'avais besoin de son amitié ? Aurais-je dû me montrer plus prudent, plus réservé ? Peut-être avait-il parlé de moi à ses parents et lui avaient-ils conseillé de ne pas se lier d'amitié avec un Juif ? Je continuai à me torturer ainsi jusqu'au moment où je tombai enfin dans un sommeil agité.

VI

Mais toutes mes craintes s'avérèrent sans fondement. Dès que j'entrai dans la classe, Conrad se leva et vint s'asseoir près de moi. Son plaisir à me voir était si sincère, si évident, que moi-même, avec ma défiance innée, je perdis toute crainte. D'après ses propos, il était clair qu'il avait parfaitement dormi et n'avait pas un seul instant douté de ma sincérité. Je me sentis honteux de l'avoir jamais soupçonné.

Nous fûmes dès lors inséparables. Nous quittions toujours l'école ensemble — nos domiciles se trouvant dans la même direction — et il m'attendait tous les matins. Étonnée au début, toute la classe prit bientôt notre amitié pour argent comptant, sauf Bollacher, qui nous surnomma plus tard « Castor et Pollack », et le Caviar, qui décida de nous tenir à l'écart.

Les quelques mois qui suivirent furent les plus heureux de ma vie. Avec la venue du printemps, toute la campagne ne fut qu'une immense floraison, les cerisiers et les pommiers, les poiriers et les pêchers, tandis que les peupliers prenaient leur couleur argentée et les saules leur teinte jaune citron. Les collines bleuâtres de la Souabe, pleines de douceur et de sérénité, étaient couvertes de vignobles et de vergers et couronnées de châteaux. Ces petites villes médiévales avaient des mairies à hauts pignons et, autour de leurs fontaines, sur des colonnes entourées de gargouilles crachant de l'eau, se dressaient des ducs et des comtes souabes portant des noms tels Eberhardt le Bien-aimé ou Ulrich le Terrible, raides, comiques, moustachus, vêtus de lourdes armures. Et le Neckar coulait lentement autour d'îles plantées de saules. De tout cela émanait un sentiment de paix, de confiance dans le présent et d'espoir en l'avenir.

Le samedi, Conrad et moi prenions un train omnibus pour aller passer la nuit dans l'une de ces nombreuses et vieilles auberges aux lourdes boiseries, où l'on pouvait trouver à bon marché une chambre propre, une chère excellente et du vin de la région. Nous allions parfois dans la Forêt-Noire, où les sombres bois, qui exhalaient l'odeur des champignons et des larmes ambrées des lentisques, étaient émaillés de ruisseaux à truites sur les rives desquels se dressaient des scieries. Il nous arrivait aussi de gagner les sommets montagneux et, dans les bleuâtres lointains, nous pouvions voir la vallée du Rhin au cours rapide, les Vosges bleu lavande et la flèche de la cathédrale de Strasbourg. Ou bien le Neckar nous tentait avec

ses vents légers, hérauts de l'Italie,
Et toi et tous. tes peupliers, rivière bien-
aimée.

ou le Danube avec ses

arbres aux blanches floraisons, aux fleurs
roses aussi, ou roussâtres, ses arbres sau-
vages aux feuilles d'un vert sombre.

Nous choisissions parfois l'Hegau, où il y avait sept volcans éteints, ou le lac de Constance, le plus rêveur de tous les lacs. Nous allâmes un jour à Hohenstaufen, au

43

Teck et à Hohenfels. Il ne subsistait pas la moindre pierre de ces forteresses, pas la moindre piste pour marquer la route que les Croisés avaient suivie jusqu'à Byzance et Jérusalem. Non loin de là, se trouvait Tübingen, où Hölderlin-Hypérion, notre poète préféré, avait passé trente-six années de sa vie après avoir sombré dans la folie, *entrückt von den Göttern*, emporté par les dieux. Abaissant notre regard sur la tour, la demeure de Hölderlin, sa douce prison, nous récitions notre poème favori :

Avec ses poiriers aux fruits jaunes,
Ses innombrables rosiers sauvages,
Le paysage se reflète dans le lac.
O, doux cygnes,
Ivres de baisers,
Qui plongez la tête
Dans l'eau calme et sacrée.

Et moi, où puis-je trouver
Les fleurs en hiver,
Les fleurs en hiver,
Et là où luit le soleil,
Là où est l'ombre de la terre ?
Les murs se dressent,
Muets et froids, et, dans le vent,
Claquent des étendards gelés.

VII

Ainsi se passaient les jours et les mois sans que rien ne troublât notre amitié. Hors de notre cercle magique venaient des rumeurs de perturbations politiques, mais le foyer d'agitation en était éloigné : il se trouvait à Berlin, où, signalait-on, des conflits éclataient entre nazis et communistes. Stuttgart semblait aussi calme et raisonnable que jamais. De temps à autre, il est vrai, se produisaient des incidents mineurs. Des croix gammées faisaient leur apparition sur les murs, un citoyen juif était molesté, quelques communistes étaient rossés, mais, en général, la vie continuait comme à l'ordinaire. Les *Höhenrestaurants*, l'Opéra et les terrasses des cafés regorgeaient de monde. Il faisait chaud, les vignobles étaient chargés de grappes et les pommiers commençaient à ployer sous le poids des fruits mûrissants. Les gens s'entretenaient de l'endroit où ils iraient passer leurs vacances estivales, mes parents parlaient de la Suisse et Conrad me dit qu'il irait rejoindre ses parents en Sicile. Il n'y avait, semblait-il, aucun sujet d'inquiétude. La politique était l'affaire des adultes et nous avions nos propres problèmes à résoudre. Et celui que nous trouvions le plus urgent était d'apprendre à faire de la vie le meilleur usage possible, indépendamment de découvrir le but de la vie, si tant est qu'elle en eût un, et quelle serait la condition humaine dans cet effrayant et incommensurable cosmos. C'étaient là des questions d'une réelle et éternelle importance, beaucoup plus essentielles pour nous que l'existence de personnages aussi éphémères et ridicules que Hitler et Mussolini.

Puis survint une chose qui nous bouleversa tous deux et eut sur moi une grande répercussion.

Jusqu'alors, j'avais pris comme allant de soi l'existence d'un Dieu tout-puissant et bienveillant, créateur de l'univers. Mon père ne m'avait jamais parlé de religion, me laissant le libre choix de ma croyance. Je surpris un jour une conversation où il disait à ma mère qu'en dépit du manque de preuve contemporaine, il croyait qu'un Jésus historique avait existé, un Juif d'une grande douceur, d'une grande sagesse, qui enseignait la morale, un prophète comme Jérémie ou Ézéchiel, mais ne pouvait absolument pas comprendre que quiconque pût tenir ce Jésus pour le « Fils de Dieu ». Il trouvait blasphématoire et répugnante la conception d'un Dieu omnipotent capable de regarder passivement son fils subir cette atroce et lente mort sur la croix, un « père » divin, qui n'éprouverait même pas, comme un père humain, l'impulsion d'aller au secours de son enfant.

Cependant, bien que mon père eût exprimé son incrédulité dans la divinité du Christ, je crois que ses conceptions étaient plus agnostiques qu'athées et que si j'avais voulu me faire chrétien, il ne s'y fût pas opposé, pas plus, d'ailleurs, que si j'avais voulu me faire bouddhiste. D'autre part, je suis à peu près sûr qu'il eût tenté de m'empêcher de devenir prêtre de n'importe quelle confession parce qu'il eût tenu la vie monastique et contemplative pour irrationnelle et gâchée.

Quant à ma mère, elle paraissait se mouvoir, parfaitement satisfaite, dans une situation confuse. Elle allait à la synagogue le jour du Grand Pardon, mais chantait *Stille Nacht, Heilige Nacht* à la Noël. Elle donnait de l'argent aux juifs pour l'aide aux enfants juifs en Pologne et aux chrétiens pour la conversion des juifs au christianisme. Quand j'étais enfant, elle m'avait appris quelques simples prières dans lesquelles j'implorais Dieu de me venir en aide, d'être bon pour papa, maman et notre petit chat. Mais c'était à peu près tout. Comme mon père, elle semblait n'avoir besoin d'aucune religion, mais elle était active, bonne et généreuse, et convaincue que son fils suivrait l'exemple de ses parents. C'est ainsi que j'avais grandi parmi les juifs et les chrétiens, laissé à moi-même et à mes idées personnelles sur Dieu, sans croire absolument — ni douter sérieusement — qu'il existât un être supérieur et bienveillant, que notre monde était le centre de l'univers, et que nous étions, juifs et gentils, les enfants préférés de Dieu.

Or, nos voisins, Herr et Frau Bauer, avaient deux filles âgées de quatre et sept ans et un garçon de douze ans. Je ne les connaissais que de vue — les enfants étaient trop jeunes pour que je pusse jouer avec eux

— mais j'avais souvent observé, non sans envie, la façon dont parents et enfants s'ébattaient dans le jardin. Je me rappelais nettement comment le père poussait de plus en plus haut l'une des petites filles assise sur une balançoire, et comment la blancheur de sa robe et ses cheveux roux évoquaient une bougie allumée se mouvant avec rapidité entre les naissantes feuilles vert pâle des pommiers.

Un soir, alors que les parents étaient sortis et que la servante était allée faire une course, la maison de bois se trouva soudain en flammes et l'embrasement fut si rapide que les enfants avaient été brûlés vifs avant l'arrivée des pompiers. Je ne vis pas l'incendie ni n'entendis les cris de la servante et de la mère. Je n'appris la nouvelle que le lendemain quand je vis les murs noircis, les poupées carbonisées, ainsi que les cordes roussies de la balançoire qui pendaient comme des serpents de l'arbre presque calciné.

Cela m'ébranla comme rien ne l'avait fait auparavant. J'avais entendu parler de tremblements de terre qui avaient englouti des milliers de personnes, de coulées de lave brûlante qui avaient recouvert des villages

49

entiers, d'océans où des îles s'étaient engouffrées. J'avais lu qu'un million d'âmes avaient été noyées par l'inondation du fleuve Jaune et deux millions par celle du Yang Tse-kiang. Je savais qu'un million de soldats étaient morts à Verdun. Mais ce n'étaient là que des abstractions, des chiffres, des statistiques, des informations. On ne peut souffrir pour un million d'êtres.

Mais ces trois enfants, je les avais connus, je les avais vus de mes propres yeux, c'était tout à fait différent. Qu'avaient-ils fait, qu'avaient fait leurs pauvres parents pour mériter un tel sort ?

Il me semblait qu'il n'y eût que cette alternative : ou bien aucun Dieu n'existait, ou bien il existait une déité, monstrueuse si elle était toute-puissante et vaine si elle ne l'était point. Une fois pour toutes, je rejetai toute croyance en un être supérieur et bienveillant.

Je parlai de tout cela à mon ami en propos passionnés et désespérés. Quant à lui, élevé dans la stricte foi protestante, il refusa d'accepter ce qui me paraissait alors la seule conclusion logique possible : il n'existait pas de père divin ou, s'il existait, il ne se souciait pas de l'humanité et, par conséquent, était aussi inutile qu'un dieu païen. Conrad admit que ce qui était arrivé était terrible et qu'il n'en pouvait trouver aucune explication. Certainement, affirmait-il, il devait y avoir une réponse à cette question, mais nous étions encore trop jeunes et inexpérimentés pour la découvrir. De telles catastrophes survenaient depuis des millions d'années, des hommes plus avertis que nous et plus intelligents — des prêtres, des évêques, des saints — en avaient discuté et trouvé des explications. Nous devions accepter leur sagesse supérieure et nous montrer humblement soumis.

Je rejetai farouchement tout cela, lui dis que peu m'importaient les dires de tous ces vieux fumistes, que rien, absolument rien, ne pouvait ni expliquer ni excuser cette mort de deux petites filles et d'un jeune garçon. « Ne les vois-tu pas brûler ? m'écriai-je avec désespoir. N'entends-tu pas leurs cris ? Et tu as l'aplomb de justifier la chose parce que tu n'es pas assez courageux pour vivre sans ton Dieu. De quelle utilité est pour toi ou pour moi un Dieu impuissant et cruel ? Un Dieu assis sur les nuages et tolérant la malaria, le choléra, la famine et la guerre ? »

Conrad me dit que lui-même ne pouvait donner aucune explication rationnelle, mais interrogerait son pasteur à ce sujet et, quelques jours plus tard, il revint, rassuré. Ce que j'avais dit était le débordement d'un écolier dépourvu de maturité d'esprit et d'expérience. Le pasteur lui avait conseillé de ne pas écouter de tels blasphèmes et avait répondu pleinement et de façon satisfaisante à toutes ses questions.

Mais soit que le pasteur ne se fût pas exprimé assez clairement, soit que Conrad n'eût pas compris l'explication, il ne put, en tout cas, me la préciser. Il dit un tas de choses à propos du mal et allégua qu'il était nécessaire si nous voulions apprécier le bien, tout comme il n'y avait pas de beauté sans laideur, mais il ne réussit pas à me convaincre et nos discussions n'aboutirent qu'à une impasse.

Il se trouva que, juste à ce moment, je lisais pour la première fois des ouvrages sur les années-lumière, les nébuleuses, les galaxies, les soleils des milliers de fois plus grands que le nôtre, les millions et les milliards d'étoiles, les planètes des milliers de fois plus grandes que Mars, Vénus, Jupiter et Saturne. Et, pour la première fois, je me rendis nettement compte que je n'étais qu'une particule de poussière et que notre terre n'était qu'un caillou sur une plage parmi des millions de cailloux semblables. C'était apporter de l'eau à mon moulin. Ma conviction qu'il n'y avait pas de Dieu s'en trouva renforcée : comment lui eût-il été possible de prendre intérêt à ce qui se passait sur tant de corps célestes ? Et cette nouvelle découverte, alliée au choc que m'avait causé la mort des enfants, me conduisit, après un certain temps de complet désespoir, à une période de curiosité intense. Désormais, la question essentielle n'était plus de savoir ce qu'était la vie, mais de décider de ce qu'il fallait faire de cette vie sans valeur, et pourtant, en quelque sorte, d'un prix unique. Comment l'employer ? Pour quelle fin ? Seulement pour son propre bien ? Pour le bien de l'humanité ? Comment tirer le meilleur parti de cette mauvaise affaire ?

Presque chaque jour, nous discutions à ce sujet, parcourant solennellement les rues de Stuttgart, levant souvent les yeux vers le ciel, vers Bételgeuse et Aldébaran, qui nous rendaient notre regard avec des yeux de serpent, étincelants, bleu azur, moqueurs, distants de millions d'années-lumière.

Mais ce n'était là que l'un des sujets qui faisaient l'objet de nos débats. Il y avait aussi les intérêts profanes, qui paraissaient beaucoup plus importants que la certitude de l'extinction de notre planète, encore éloignée de millions d'années, et de notre propre mort, qui nous semblait plus éloignée encore. Il y avait notre intérêt commun pour les livres et la poésie, notre découverte de l'art, l'impact du post-impressionnisme et de l'expressionnisme, le théâtre, l'opéra.

Et nous parlions des filles. Par comparaison avec l'état d'esprit de l'adolescence à notre époque, nos conceptions à cet égard étaient d'une incroyable naïveté. Pour nous, les filles étaient des êtres supérieurs d'une pureté fabuleuse qu'il ne fallait approcher que comme le faisaient les troubadours, avec une ferveur chevaleresque et une adoration distante.

Je connaissais bien peu de filles. Chez nous, je voyais de temps à autre deux cousines, des adolescentes, de mornes créatures dépourvues de la moindre ressemblance avec Andromède ou Antigone. Je ne me souviens de l'une d'elles que parce qu'elle se bourrait continuellement de gâteau au chocolat et de l'autre que parce qu'elle semblait devenir muette dès que je paraissais. Conrad avait plus de chance. Au moins rencontrait-il des filles portant des noms captivants, telles Gräfin von Platow, baronne von Henkel Donnersmark, et même une Jeanne de Montmorency, qui, me l'avoua-t-il, lui était plus d'une fois apparue en rêve.

Au lycée, on ne parlait guère des filles. C'était du moins notre impression à Conrad et à moi, bien qu'il eût pu se passer toutes sortes de choses à notre insu puisque tous deux, comme le Caviar, faisions la plupart du temps bande à part. Mais, jetant un regard en arrière, je crois encore que la plupart des garçons, même ceux qui se vantaient de leurs aventures, avaient plutôt peur des filles. Et il n'y avait pas encore la télévision pour introduire la sexualité au sein de la famille.

Mais je n'ai pas l'intention de prôner les mérites d'une innocence telle que la nôtre, dont je ne parle ici que comme l'un des aspects de la vie que nous menions ensemble. Ce que je m'efforce de faire en rapportant nos principaux objets d'intérêt, nos peines, nos joies et nos problèmes, est de retrouver notre état d'esprit et essayer de le dépeindre.

Nous tentions de résoudre seuls nos problèmes. Il ne nous venait jamais à l'esprit de consulter nos parents. Ils appartenaient, nous en étions convaincus, à un autre monde ; ils ne nous auraient pas compris ou se seraient refusés à nous prendre au sérieux. Nous ne parlions presque jamais d'eux ; ils nous semblaient aussi éloignés que les nébuleuses, trop adultes, trop confinés dans des conventions de toutes sortes. Conrad savait que mon père était médecin et je savais que le sien avait été ambassadeur en Turquie et au Brésil, mais nous n'étions pas curieux d'en connaître davantage et c'est peut-être ce qui explique pourquoi nous n'étions jamais allés l'un chez l'autre. Nombre de nos discussions avaient lieu en arpentant les rues, ou assis sur un banc, ou debout sous une porte cochère pour nous abriter de la pluie.

Un jour, alors que nous étions arrêtés devant chez moi, je pensai soudain que Conrad n'avait jamais vu ma chambre, mes livres et mes collections, de sorte que je lui

dis, sous l'impulsion du moment : « Pourquoi n'entrerais-tu pas ? »

Ne s'attendant pas à mon invitation, il
hésita une seconde, puis me suivit.

VIII

La maison de mes parents, une modeste villa construite en pierre du pays, se dressait dans un petit jardin plein de pommiers et de cerisiers et était située dans un quartier connu dans le voisinage comme *die Höhenlage* de Stuttgart. C'est là qu'habitaient les gens aisés et la riche bourgeoisie de la ville, l'une des plus belles et des plus prospères d'Allemagne. Entourée de collines et de vignobles, elle se trouve dans une vallée si étroite qu'il n'y a que peu de rues en terrain plat ; la plupart d'entre elles commencent à grimper dès que l'on quitte la Königstrasse, l'artère principale de Stuttgart. En plongeant le regard du haut des collines, on a une vue remarquable : des milliers de villas, le vieux et le nouveau

Schloss, la Stiftskirche, l'Opéra, les musées et ce qui était autrefois les parcs royaux. Il y avait partout des *Höhen-restaurants* avec de spacieuses terrasses où les habitants de Stuttgart pouvaient passer les chaudes soirées d'été à boire du vin du Rhin ou du Neckar et à ingurgiter une énorme quantité de nourriture : du veau et des pommes de terre en salade, du Schnitzel Holstein, des Bodenseefelchen, des truites de la Forêt-Noire, du foie et du boudin avec de la choucroute, du Rehrücken avec des Preiselbeeren, du tournedos à la sauce béarnaise, et Dieu sait quoi d'autre, tous ces plats suivis d'un choix fantastique de gâteaux nourrissants surmontés de crème fouettée. S'ils prenaient la peine de lever les yeux de leur assiette, ils pouvaient voir, entre les arbres et les buissons de laurier, les forêts qui s'étendaient dans le lointain et le Neckar qui coulait lentement entre les escarpements, les châteaux, les peupliers, les vignobles et les vieilles cités pour gagner Heidelberg, le Rhin et la mer du Nord. Quand tombait la nuit, la vue était aussi magique que celle que l'on avait de Fiesole sur Florence. Des milliers de lumières brillaient, l'air était chaud et embaumé de l'odeur du jasmin et du lilas, et, de tous côtés, montaient des voix, les chants et les rires des citoyens heureux, qui commençaient à devenir somnolents pour avoir trop mangé, ou amoureux pour avoir trop bu.

Au-dessous, dans la ville où la chaleur était accablante, les rues portaient des noms qui rappelaient aux Souabes leur riche héritage : Hölderlin, Schiller, Mörike, Uhland, Wieland, Hegel, Schelling, David Friedrich Strauss, Hesse, les confirmant dans leur conviction qu'en dehors du Wurtemberg la vie ne valait guère d'être vécue et que nul Bavarois, Saxon, et surtout nul Prussien ne pouvait leur venir à la cheville. Et leur fierté n'était pas tout à fait injustifiée. Dans cette ville de moins d'un demi-million d'habitants, il y avait plus de représentations d'opéras, de meilleurs théâtres, de plus beaux musées, de plus riches collections et une vie plus remplie qu'à Manchester ou à Birmingham, à Bordeaux ou à Toulouse. C'était toujours une capitale, même sans roi, entourée de petites villes prospères et de châteaux portant des noms tels « Sans-Souci » et « Mon Repos ». Non loin de là, il y avait Hohenstaufen, et Teck, et Hohenzollern, et la Forêt-Noire, et le Bodensee, le cloître de Maulbronn et Beuron, les églises baroques de Zwiefalten, de Neresheim et de Birnau.

IX

De notre maison, je ne voyais que les
jardins et les toits rouges des villas dont les
propriétaires plus riches que nous pouvaient s'offrir une vue panoramique, mais
mon père était déterminé à ce qu'un jour
nous n'eussions rien à envier aux familles
patriciennes. En attendant, il nous fallait
nous contenter de notre villa, pourvue du
chauffage central, avec ses quatre chambres
à coucher, sa salle à manger, son « jardin
d'hiver » et une pièce qui servait à mon
père de cabinet de consultation.

Ma chambre, au second étage, était meu-
blée selon mon goût. Sur les murs, il y avait
quelques reproductions : l'*Enfant au gilet
rouge* de Cézanne, des estampes japonaises
et les *Tournesols* de Van Gogh. Je possédais
les classiques allemands : Schiller, Kleist,
Goethe, Hölderlin, et, bien entendu,

« notre » Shakespeare, sans oublier Rilke,. Dehmel et George. Ma collection de livres français comprenait Baudelaire, Balzac, Flaubert et Stendhal, et, quant aux auteurs russes, j'avais les œuvres complètes de Dostoïevski, de Tolstoï et de Gogol. Dans un angle, une vitrine contenait mes collections de pièces de monnaie, des coraux d'un ton vermeil, des hématites et des agates, des topazes, des grenats, des malachites, un bloc de lave d'Herculanum, une dent de lion, une griffe de tigre, un morceau de peau de phoque, une fibule romaine, deux fragments de verre romains (chipés dans un musée), une tuile romaine portant cette inscription : LEG XI, et une molaire d'éléphant.

C'était là mon univers, un univers où je me sentais en sécurité absolue et qui, j'en avais la certitude, durerait à jamais. Je ne pouvais, il est vrai, faire remonter mes origines à Barberousse — quel Juif l'eût pu ? — mais je savais que les Schwarz avaient vécu à Stuttgart depuis deux siècles au moins, et peut-être depuis bien plus longtemps. Comment le préciser, puisqu'il n'existait pas d'archives ? Comment savoir d'où ils étaient venus ? De Kiev ou de

Vilna ? De Tolède ou de Valladolid ? Dans quelles tombes à l'abandon entre Jérusalem et Rome, entre Byzance et Cologne, leurs os pourrissaient-ils ? Pouvait-on être sûr qu'ils n'avaient pas vécu là avant les Hohenfels ? Mais de telles questions étaient aussi hors de propos que la chanson que David chantait au roi Saül. Tout ce que je savais, c'est que c'était là ma patrie, mon foyer, sans commencement ni fin, et qu'être juif n'avait fondamentalement pas plus d'importance qu'être né avec des cheveux bruns et non avec des cheveux roux. Nous étions Souabes avant toute chose, puis Allemands, et puis Juifs. Quel autre sentiment pouvait être le mien, ou celui de mon père, ou celui du grand-père de mon père ? Nous n'étions pas de ces pauvres « Pollacken » qui avaient été persécutés par le tsar. Bien entendu, nous n'aurions pu ni voulu nier que nous étions « d'origine juive », pas plus que quiconque eût songé à nier que mon oncle Henri, que nous n'avions pas vu depuis dix ans, fût un membre de la famille. Mais cette « origine juive » ne se manifestait guère plus d'une fois l'an, le jour du Grand Pardon, où ma mère se rendait à une synagogue et où mon père s'abstenait de fumer et de voyager, non parce qu'il croyait au judaïsme, mais parce qu'il ne voulait pas blesser les autres dans leurs sentiments.

Je me rappelle encore une violente discussion entre mon père et un sioniste venu faire une collecte pour Israël. Mon père détestait le sionisme. L'idée même lui paraissait insensée. Réclamer la Palestine après deux mille ans n'avait pas pour lui plus de sens que si les Italiens revendiquaient l'Allemagne parce qu'elle avait été jadis occupée par les Romains. Cela ne pouvait mener qu'à d'incessantes effusions de sang car les Juifs auraient à lutter contre tout le monde arabe. Et, de toute façon, qu'avait-il, lui, citoyen de Stuttgart, à voir avec Jérusalem ?

Quand le sioniste nomma Hitler et demanda à mon père si cela n'ébranlait pas sa confiance, mon père répondit : « Pas le moins du monde. Je connais mon Allemagne. Ce n'est qu'une maladie passagère, quelque chose comme la rougeole, qui disparaîtra dès que s'améliorera la situation économique. Croyez-vous vraiment que les compatriotes de Goethe et de Schiller, de Kant et de Beethoven, se laisseront prendre à cette foutaise ? Comment osez-vous insulter la mémoire de douze mille Juifs qui sont morts pour notre pays ? *Für unsere Heimat ?* »

Quand le sioniste traita mon père de « partisan typique de l'assimilation », mon père répondit fièrement : « Oui, je suis pour l'assimilation. Quel mal y a-t-il à cela ? Je veux être identifié à l'Allemagne. J'approuverais certainement la complète absorption des Juifs par les Allemands si j'étais convaincu que ce serait pour l'Allemagne un profit durable, mais j'en doute quelque peu. Il me semble que les Juifs, en ne s'intégrant pas complètement, agissent encore comme catalyseurs, enrichissant ainsi et fertilisant la culture allemande, comme ils l'ont fait dans le passé. »

A ces mots, le sioniste bondit. C'était plus qu'il n'en pouvait supporter. Se frappant le front de l'index droit, il s'écria d'une voix forte : « Complètement *meschugge* », rassembla ses brochures et disparut, se frappant toujours le front du doigt.

Je n'avais jamais vu mon père, pacifique et calme à l'ordinaire, si furieux. Pour lui, cet homme était traître à l'Allemagne, la patrie pour laquelle mon père, deux fois blessé dans la Première Guerre mondiale, était prêt à se battre de nouveau.

X

Combien je comprenais mon père et combien je le comprends encore ! Comment eût-il pu, lui ou quiconque au xxᵉ siècle, croire au diable et à l'enfer ? Ou aux mauvais génies ? Pourquoi échanger le Rhin et la Moselle, le Neckar et le Main, contre les lentes eaux du Jourdain ? Pour lui, le nazisme n'était qu'une maladie de peau sur un corps sain et le seul remède était de faire au patient quelques injections, de le garder au calme et de laisser la nature suivre son cours. Et pourquoi se tourmenterait-il ? N'était-il pas un médecin populaire, également respecté des Juifs et des non-Juifs ? Une députation de citoyens éminents, conduite par le maire, ne lui avait-elle pas rendu visite lors de son quarante-cinquième anniversaire ? La *Stuttgarter Zeitung* n'avait-elle pas publié sa photographie ? Un groupe de non-Juifs ne lui avaient-ils pas donné une sérénade avec la *Petite musique de nuit* ? Et n'avait-il pas reçu un talisman infaillible ? La Croix de fer de première classe était accrochée au-dessus de son lit, ainsi que son épée d'officier, près d'un tableau représentant la maison de Goethe à Weimar.

XI

Ma mère était trop occupée pour se tracasser à propos des nazis, des communistes
et autres déplaisants personnages, et si mon
père ne doutait pas d'être allemand, ma
mère, si possible, en doutait moins encore.
Il ne lui venait simplement pas à l'esprit
qu'un être humain ayant toute sa raison pût
lui contester son droit de vivre et de mourir
dans ce pays. Elle venait de Nuremberg où
son père, avocat, était né, et elle parlait
encore l'allemand avec un accent franco-
nien (elle disait *Gäbelche*, une petite four-
chette, au lieu de *Gäbele*, et *Wägelche*, une
petite voiture, au lieu de *Wägele*). Une fois
par semaine, elle allait avec ses amies, pour
la plupart femmes de médecins, d'avocats
et de banquiers, manger des gâteaux maison au chocolat et à la crème *mit
Schlagsahne*, boire d'éternels cafés *mit*

Schlagsahne et bavarder sur des affaires de famille ou de domestiques et sur les pièces de théâtre qu'elles avaient vues. Une fois par quinzaine, elles allaient à l'Opéra et, une fois par mois, au théâtre. Elle ne trouvait guère le temps de lire, mais venait parfois dans ma chambre, regardait mes livres avec envie, en tirait un ou deux du rayon, les époussetait et les remettait en place. Puis elle me demandait comment cela allait à l'école, à quoi je répondais toujours « très bien » d'un ton rébarbatif, et elle me quittait, emportant les chaussettes qui avaient besoin d'être reprisées ou les chaussures à ressemeler. De temps à autre, d'un geste nerveux, avec hésitation, elle posait une main sur mon épaule, mais elle le faisait de plus en plus rarement, percevant ma résistance aux démonstrations, même aussi anodines que celle-ci. Ce n'est que lorsque j'étais malade que je trouvais sa compagnie acceptable et m'abandonnais avec gratitude à sa tendresse réprimée.

XII

Je crois que, du point de vue physique, mes parents étaient de très bons spécimens. Mon père, avec son front haut, ses cheveux gris et sa moustache courte, avait un air de distinction et l'aspect si peu « juif » qu'un jour, dans un train, un S.A. l'invita à adhérer au parti nazi. Et moi-même, son fils, je ne pouvais m'empêcher de voir que ma mère — qui n'a jamais été très coquette — était belle. Je n'ai jamais oublié le jour — j'avais alors six ou sept ans — où elle entra dans ma chambre pour m'embrasser et me dire bonsoir. Elle était habillée pour un bal et je la regardai fixement comme si elle eût été une étrangère. Je m'accrochai à son bras, refusant de la laisser partir, et me mis à pleurer, ce qui la bouleversa. Eût-elle pu alors se rendre compte que je n'étais ni malheureux ni malade, mais que dans mon émotion je venais de la voir objectivement, pour la première fois de ma vie, comme une créature séduisante avec une personnalité bien à elle ?

Lorsque Conrad entra, je le conduisis vers l'escalier avec l'intention de l'emmener directement dans ma chambre sans le présenter d'abord à ma mère. Je ne savais alors précisément pourquoi j'agissais ainsi, mais il m'est plus facile aujourd'hui de me rendre compte que j'essayais de l'introduire furtivement. J'avais en quelque sorte l'impression qu'il m'appartenait, et à moi seul, et que je ne voulais le partager avec personne. Et probablement — j'en rougis encore — j'avais le sentiment que mes parents n'étaient pas assez reluisants pour lui. Je n'avais jamais eu honte d'eux ; en réalité, j'en avais toujours été plutôt fier, et j'étais maintenant horrifié de découvrir qu'à cause de Conrad, je me comportais comme un sale petit snob. Pendant une seconde, je le détestai presque, parce que je prenais conscience qu'il en était le responsable. C'était sa présence qui me faisait éprouver ce sentiment et, si je méprisais mes parents, je me méprisais encore plus. Mais comme j'atteignais l'escalier, ma mère, qui devait avoir entendu mon pas, m'appela. Il n'y avait pas d'échappatoire. Il me fallut le présenter.

Je l'emmenai dans notre salle de séjour ornée d'un tapis de Perse, avec ses meubles de chêne massif, ses assiettes bleues en porcelaine de Meissen et ses verres à vin rouges et bleus à longue tige disposés sur un dressoir. Ma mère était assise dans le « jardin d'hiver » sous un gommier, en train de repriser des chaussettes, et elle ne parut pas surprise le moins du monde de nous voir, mon ami et moi. Lorsque je dis : « Mère, voici Conrad von Hohenfels », elle leva un instant les yeux, sourit, et il baisa la main qu'elle lui tendait. Elle lui posa quelques questions, principalement sur le lycée, sur ses projets d'avenir, sur l'université qu'il avait l'intention de fréquenter, et lui dit qu'elle était ravie de le voir chez nous. Elle se comporta exactement comme je l'eusse souhaité et je vis tout de suite que Conrad était enchanté d'elle. Plus tard, je l'emmenai dans ma chambre et lui montrai tous mes trésors : mes livres, mes pièces de monnaie, la fibule romaine et la tuile romaine portant l'inscription LEG XI.

Tout à coup, j'entendis le pas de mon père

et il entra dans ma chambre, chose qu'il n'avait jamais faite depuis des mois. Avant que je n'eusse le temps de les présenter, mon père fit claquer ses talons, se tint tout raide — presque au garde-à-vous —, allongea le bras droit et dit : « Gestatten, Doctor Schwarz. » Conrad serra la main de mon père, s'inclina légèrement, mais ne dit mot. « Je suis très honoré, Herr Graf, dit mon père, de recevoir sous mon toit le descendant d'une si illustre famille. Je n'ai jamais eu le plaisir de faire la connaissance de votre père, mais j'ai connu nombre de ses amis, en particulier le baron von Klumpf, qui commandait le deuxième escadron du premier régiment de uhlans, Ritter von Trompeda, qui servait dans les hussards, et Putzi von Grimmelshausen, connu sous le nom de " Bautz ". Herr votre père vous a sûrement parlé de " Bautz ", un ami intime du Kronprinz ? Un jour, me raconta Bautz, Son Altesse Impériale, dont le quartier général était alors à Charleroi, l'appela et lui dit : " Bautz, mon cher ami, j'ai un grand service à vous demander. Vous savez que Gretel, mon chimpanzé femelle, est encore vierge et a terriblement besoin d'un mari. Je voudrais arranger un mariage où j'inviterais mon état-major. Prenez votre voiture, faites le tour de l'Allemagne et trouvez-moi un beau mâle bien portant. "

« Bautz fit claquer ses talons, se mit au garde-à-vous, salua et dit : " Jawohl, Votre Altesse. " Il sortit, sauta dans la Daimler du Kronprinz et alla de zoo en zoo. Il revint une quinzaine plus tard avec un énorme chimpanzé nommé George V. Il y eut des noces fabuleuses, tout le monde se soûla au champagne et Bautz reçut la *Ritterkreuz* avec feuilles de chêne. Il y a une autre histoire que je dois vous raconter. Un jour, Bautz était assis à côté d'un certain Hauptmann Brandt qui, dans le civil, était agent d'assurances, mais essayait toujours de se montrer *plus royaliste que le roi*[1], quand, tout à coup... » et mon père continua ainsi jusqu'à ce qu'il se rappelât enfin que des clients l'attendaient dans son cabinet de consultation. Il fit une fois de plus claquer ses talons. « J'espère, Herr Graf, dit-il, qu'à l'avenir cette maison sera votre second foyer. Veuillez présenter mes compliments à Herr votre père. » Et, rayonnant de plaisir et de fierté, me faisant un signe de tête pour

1. En français dans le texte (*N.d.T.*).

me montrer combien il était content de moi, il quitta ma chambre.

Je m'assis, scandalisé, horrifié, misérable. Pourquoi avait-il agi ainsi ? Je ne l'avais jamais vu se conduire d'aussi indigne façon. Je ne l'avais jamais entendu parler de Trompeda et de l'exécrable Bautz. Et l'affreuse histoire du chimpanzé ! Avait-il inventé cela pour impressionner Conrad, tout comme j'avais essayé — mais de façon plus subtile — de l'impressionner ? Était-il, comme moi, victime du mythe Hohenfels ? Et comme il avait fait claquer ses talons ! Pour le bénéfice d'un écolier !

Pour la seconde fois en moins d'une heure, je haïssais presque mon ami qui, innocemment par sa seule présence, avait transformé mon père en une caricature de lui-même. J'avais toujours respecté mon père. Il me semblait avoir beaucoup de qualités qui me manquaient, telles que le courage et la clarté d'esprit ; il se faisait facilement des amis et accomplissait sa tâche scrupuleusement et sans se ménager. Il était, il est vrai, réservé avec moi et ne savait comment me témoigner son affection, mais je savais qu'elle existait, et même qu'il était fier de moi. Et voici qu'il avait détruit cette image et que j'avais des raisons d'être honteux de lui. Comme il avait paru ridicule, pompeux, servile! Lui, cet homme que Conrad eût dû respecter! Cette image de lui, faisant claquer ses talons, saluant, « Gestatten Herr Graf », cette horrible scène éclipseraient à jamais le père-héros du passé. Il ne serait plus jamais pour moi le même homme. Jamais plus je ne serais capable de le regarder dans les yeux sans me sentir honteux et peiné, et honteux de ma honte.

Je tremblais violemment et pouvais à peine retenir mes larmes. Je n'avais qu'un seul désir : ne plus jamais revoir Conrad. Mais lui, qui devait avoir compris ce qui se passait en moi, paraissait occupé à regarder mes livres. S'il ne l'avait fait, si, à ce moment, il m'avait parlé, si, pis encore, il avait tenté de me consoler, de me toucher, je l'aurais frappé. Il avait insulté mon père et m'avait exposé comme un snob qui méritait cette humiliation. Mais il fit instinctivement ce qu'il fallait faire. Il me donna le temps de me reprendre et lorsque au bout de cinq minutes il se retourna et me sourit, je pus lui rendre son sourire à travers mes larmes.

Il revint deux jours plus tard. Sans qu'on l'en priât, il accrocha son manteau dans le vestibule et — comme s'il l'avait fait toute sa vie — alla tout droit dans la salle de séjour à la recherche de ma mère. Elle l'accueillit de la même façon, cordiale et rassurante, levant à peine les yeux de son travail, exactement comme la première fois et comme s'il n'était qu'un autre fils. Elle nous donna du café et des « Streusselkuchen » et, dès lors, il se présenta régulièrement trois ou quatre fois par semaine. Il était détendu et heureux d'être avec nous et seule la crainte que mon père ne nous racontât d'autres histoires de « Bautz » gâtait mon plaisir. Mais mon père aussi était plus détendu ; il s'habitua de plus en plus à la présence de Conrad et abandonna finalement le « Herr Graf » pour l'appeler par son prénom.

XIII

Puisque Conrad était venu chez moi, je m'attendais à ce qu'il me demandât d'aller chez lui, mais les jours et les semaines passaient sans invitation. Nous nous arrêtions toujours devant la grille surmontée de deux griffons portant l'écusson des Hohenfels jusqu'à ce qu'il me dît au revoir. Il ouvrait alors la lourde porte pour remonter l'allée bordée d'odorants lauriers-roses qui menait au portique et à l'entrée principale. Il frappait légèrement à la massive porte noire, qui glissait silencieusement sur ses gonds, et Conrad disparaissait comme pour toujours. De temps à autre, j'attendais une minute ou deux, regardant fixement à travers les barreaux de fer, espérant que, par miracle, la porte s'ouvrirait de nouveau et qu'il reparaîtrait pour me faire signe d'entrer. Mais cela n'arrivait jamais et la porte était aussi menaçante que les deux griffons qui, cruels et impitoyables, abaissaient sur moi leur regard, leurs griffes aiguës et leur langue délitée en forme de faucille prêtes à m'arracher le cœur. Chaque jour, je subissais la même torture de la séparation et de l'exclusion ; chaque jour, cette demeure, qui détenait la clé de notre amitié, croissait en importance et en mystère. Mon imagination l'emplissait de trésors : bannières d'ennemis défaits, épées de croisés, armures, lampes ayant jadis brûlé à Ispahan et à Téhéran, brocarts de Samarkand et de Byzance. Mais les barrières qui me séparaient de Conrad semblaient dressées à jamais. Je ne pouvais le comprendre. Il était impossible que lui, si soucieux de ne pas faire de peine, si prévenant, toujours prêt à faire la part de mon impétuosité, de mon agressivité quand il n'était pas d'accord avec ma « Weltanschauung », eût *oublié* de m'inviter. C'est ainsi que, trop fier pour l'interroger là-dessus, je devenais de plus en plus tourmenté, soupçonneux et obsédé par le désir de pénétrer dans la forteresse des Hohenfels.

Un jour, comme je m'en allais, il se retourna de façon inattendue : « Entre donc, tu n'as pas vu ma chambre », dit-il. Avant qu'il me fût possible de répondre, il poussa la grille de fer, les deux griffons reculèrent, encore menaçants, mais pour le moment impuissants et battant en vain de leurs ailes de prédateurs.

J'étais terrifié, pris ainsi à l'improviste. L'accomplissement de mes rêves se produisait si soudainement que, pour un instant, j'eus envie de m'enfuir. Comment pourrais-je me tenir devant ses parents avec mes souliers non cirés et un col d'une propreté douteuse ? Comment pourrais-je affronter sa mère, que j'avais un jour vue de loin, silhouette noire se détachant sur les magnolias roses ? Elle n'avait pas la peau blanche comme celle de ma mère, mais un teint olivâtre, des yeux en amande, et, de la main droite, elle faisait tourner une ombrelle blanche comme un soleil. Mais je ne pouvais maintenant que le suivre en tremblant. Exactement comme j'avais vu la chose arriver auparavant, et en réalité et dans mes rêves, il leva la main droite et frappa doucement à la porte, qui, obéissant à son ordre, s'ouvrit sans bruit pour nous laisser entrer.

Pendant un certain temps, nous parûmes

nous trouver dans une obscurité complète.
Puis, mes yeux s'y accoutumant peu à peu,
je distinguai un vaste hall d'entrée dont les
murs étaient couverts de trophées de
chasse : d'énormes andouillers, la tête d'un
bison d'Europe, les défenses blanc ivoire
d'un éléphant dont un pied, monté sur
argent, servait de porte-parapluie. Je me
débarrassai de mon manteau et laissai mon
cartable sur une chaise. Un domestique
entra et s'inclina devant Conrad. « *Der Kaf-
fee ist serviert, Herr Graf* », dit-il. Conrad fit
un signe de tête et, me montrant le chemin,
monta l'escalier de chêne foncé jusqu'au
premier étage, où j'entrevis des portes clo-
ses et des murs aux lambris de chêne ornés
de tableaux : une chasse à l'ours, un combat
de cerfs, un portrait du feu roi et une vue
d'un château qui avait l'air d'un mélange de
châteaux Hohenzollern et Neuschwanstein.
De là, nous gagnâmes le deuxième étage et
longeâmes un couloir où il y avait d'autres
peintures : « Luther devant Charles
Quint », « Les croisés entrant à Jérusalem »
et « Barberousse endormi dans la montagne de Kyffhäusser, avec sa barbe poussant
à travers une table de marbre ». Par une
porte ouverte, j'entrevis une chambre à

coucher, qui devait être celle d'une femme, avec une coiffeuse couverte de petits flacons de parfum et de brosses à monture d'écaille serties d'argent. Il y avait des photographies dans des cadres d'argent, surtout des officiers, et l'une d'elles ressemblait presque à Adolf Hitler, ce qui me stupéfia. Mais je n'avais pas le temps de l'examiner plus avant et, de toute façon, j'étais sûr de me tromper : qu'eût fait une photographie de Hitler dans la chambre d'une Hohenfels ?

Conrad s'arrêta enfin et nous entrâmes dans sa chambre, assez semblable à la mienne, mais plus grande, et d'où la vue était belle : elle donnait sur un jardin bien entretenu avec une fontaine, un petit temple dorique et la statue d'une déesse recouverte de lichen jaune. Mais Conrad ne me laissa pas le loisir de contempler le paysage. Il se précipita vers un placard et, avec un empressement qui me montrait à quel point il avait attendu cette occasion, ses yeux brillant dans l'attente de mon envie et de mon émerveillement, il déploya ses trésors. De leur couche d'ouate, il tira ses pièces grecques : un Pégase de Corinthe, un Minotaure de Cnossos, des pièces de Lampsaque, d'Agrigente, de Ségeste et de Sélinonte.

Mais ce n'était pas tout. D'autres trésors suivirent, plus précieux qu'aucun des miens : une déesse de Gela, en Sicile, un petit flacon de Chypre, de la couleur et de la forme d'une orange, orné de dessins géométriques, un tanagra qui représentait une jeune fille vêtue d'un chiton et coiffée d'un chapeau de paille, une coupe de verre syrienne, irisée comme une opale et prismatique comme une pierre de lune, un vase romain d'une laiteuse couleur de jade vert pâle et une statuette d'Hercule en bronze. Il était touchant de voir sa joie à pouvoir me montrer sa collection et à observer mon étonnement et mon admiration.

Le temps passa avec une incroyable rapidité et quand, deux heures plus tard, je le quittai, non seulement ne regrettai-je pas de n'avoir pas vu ses parents, mais il ne me vint même pas à l'idée qu'ils eussent pu être absents.

Près de quinze jours plus tard, il m'invita de nouveau. Ce fut la même agréable routine : bavardage, examen des collections, comparaisons, admiration. De nouveau, ses parents semblaient être absents, ce qui ne m'importait guère, car je redoutais un peu de les rencontrer, mais lorsque cela se reproduisit une quatrième fois, je commençai à soupçonner que ce n'était pas une coïncidence et à craindre qu'il ne m'invitât que lorsque ses parents n'étaient pas là. Bien que je me sentisse un peu offensé, je n'osais l'interroger là-dessus.

Puis je me rappelai un jour la photographie de l'homme qui ressemblait à Hitler, mais, tout aussitôt, j'eus honte d'avoir pu soupçonner un seul instant les parents de mon ami d'avoir le moindre rapport avec un tel homme.

Mais vint un jour où le doute ne fut plus permis.

Ma mère m'avait pris un billet pour une représentation de *Fidelio*, dirigée par Furt-wängler, et j'étais assis dans un fauteuil d'orchestre, attendant le lever du rideau. Les violons commencèrent à s'accorder, puis à jouer en sourdine, et une foule élégante emplit la salle de l'Opéra, l'un des plus beaux d'Europe. Le Président de la République en personne nous honorait de sa présence.

Mais peu de gens le regardaient. Tous les yeux se tournaient vers la porte, près du premier rang des fauteuils d'orchestre, par laquelle, lentement et majestueusement, les Hohenfels faisaient leur entrée. Avec un mouvement de surprise et quelque difficulté, je reconnus mon ami, un étrange et élégant jeune homme en smoking. Il était suivi de la comtesse, en robe noire avec un étincelant diadème, un collier et des boucles d'oreilles, le tout fait de diamants qui projetaient une lumière bleuâtre sur sa peau mate. Puis venait le comte, que je voyais maintenant pour la première fois ; il avait une moustache et des cheveux gris et une étoile incrustée de diamants brillait sur sa poitrine. Ils se dressaient là, unis, supérieurs, escomptant que les assistants les contempleraient bouche bée, hommage que leur conféraient neuf siècles d'histoire. Ils se décidèrent enfin à gagner leur place. Le comte ouvrait la marche et la comtesse le suivait, la lueur irisée que jetaient ses diamants dansant autour de sa jolie tête. Puis venait Conrad qui, avant de s'asseoir, jeta sur l'auditoire un regard circulaire, s'inclinant lorsqu'il reconnaissait quelqu'un, aussi sûr de lui que son père. Tout à coup, il m'aperçut, mais sans me donner le moindre signe de reconnaissance ; puis son regard erra autour des fauteuils d'orchestre, se leva vers les balcons et se rabaissa. Il m'a vu, assurément, me dis-je, car j'étais convaincu que ses yeux en rencontrant les miens avaient enregistré ma présence. Puis le rideau se leva et les Hohenfels, ainsi que nous autres, quantité négligeable, restâmes plongés dans l'obscurité jusqu'au premier entracte.

Dès que le rideau tomba et sans attendre que les applaudissements se fussent éteints, je me rendis au foyer, une vaste salle ornée de colonnes de marbre corinthiennes, de lustres de cristal, de glaces aux cadres dorés, de tapis rouge cyclamen et tendue de papier peint couleur de miel. Là, appuyé contre l'une des colonnes et m'efforçant d'avoir l'air hautain et dédaigneux, j'attendis l'apparition des Hohenfels. Mais quand je les vis enfin, j'eus envie de m'enfuir. Ne vaudrait-il pas mieux écarter la pointe de la dague qui, je le savais par l'atavique intuition d'un enfant juif, me serait, dans quelques minutes, plongée dans le cœur ? Pourquoi ne pas éviter la souffrance ? Pourquoi risquer de perdre un ami ? Pourquoi demander des preuves au lieu de laisser s'endormir le soupçon ? Mais je n'eus pas la force de fuir, de sorte que, me raidissant contre la douleur, appuyé contre la colonne, je me préparai à l'exécution.

Lentement et majestueusement, les Hohenfels se rapprochèrent. Ils marchaient côte à côte, la comtesse au milieu, faisant des signes de tête à des connaissances en agitant une main couverte de bagues avec un léger mouvement d'éventail, les lueurs que jetaient son collier et son diadème l'aspergeant de perles lumineuses pareilles à des gouttes d'eau cristallines. Le comte inclina légèrement la tête à l'adresse de diverses personnes et du Président de la République, qui répondit par un profond salut. La foule leur faisait place et leur procession royale poursuivait son chemin sans obstacle, superbe et impressionnante.

Ils avaient encore une dizaine de mètres à faire avant d'arriver jusqu'à moi, qui voulais connaître la vérité. Aucune échappatoire n'était possible. Cinq mètres nous séparaient, puis quatre. Il me vit soudain, sourit, toucha de la main droite le revers de son smoking comme s'il voulait en faire tomber un grain de poussière... et ils me dépassèrent. Ils continuèrent à avancer avec solennité comme s'ils suivaient l'invisible sarcophage de porphyre de l'un des Princes de la Terre, au rythme de quelque inaudible marche funèbre, sans cesser de sourire et de lever la main comme s'ils voulaient bénir la foule. Lorsqu'ils atteignirent l'extrémité du foyer, je les perdis de vue, mais quelques minutes plus tard, le comte et la comtesse revinrent... sans Conrad. Passant et repassant, ils acceptaient l'hommage des spectateurs.

Quand la sonnette retentit pour le deuxième acte, j'abandonnai mon poste, rentrai chez moi, et, sans être vu de mes parents, allai tout droit me coucher.

Cette nuit-là, je dormis mal. Je rêvai que deux lions et une lionne m'attaquaient et je dus crier car je m'éveillai pour voir mes parents penchés au-dessus de mon lit. Mon père prit ma température, mais ne me trouva rien d'anormal et, le lendemain matin, j'allai au lycée comme à l'ordinaire, bien que je me sentisse aussi affaibli que si je relevais d'une longue maladie. Conrad n'était pas arrivé. Je gagnai directement ma place, et, faisant semblant de corriger un devoir du soir, je ne levai pas les yeux quand il entra. Il alla, lui aussi, directement à sa place et se mit à disposer ses livres et ses crayons sans me regarder. Mais dès que la cloche eut annoncé la fin du cours, il vint à moi, mit ses mains sur mes épaules — ce qu'il n'avait jamais fait auparavant — et me posa quelques questions, mais non celle qu'il eût fallu poser : si j'avais aimé *Fidelio*.

Je lui répondis aussi naturellement que possible et, à la fin de la classe, il m'attendit et nous rentrâmes ensemble comme si rien n'était survenu. Pendant une demi-heure, je continuai à feindre, mais je savais parfaitement qu'il savait ce qui se passait en moi, sinon il n'eût pas écarté le sujet qui avait pour tous deux la plus grande importance : la soirée de la veille. Puis, alors que nous étions sur le point de nous séparer et que s'ouvrait la grille, je me tournai vers lui et dis : « Conrad, pourquoi as-tu fait semblant de ne pas me voir hier ? »

Il devait s'être attendu à cette question, mais elle lui causa tout de même un choc. Il rougit, puis devint très pâle. Peut-être avait-il espéré qu'après tout je ne la lui poserais pas et qu'après avoir boudé quelques jours j'oublierais ce qui était arrivé. Une chose était claire : il n'était pas préparé à être interrogé sans détour et il se mit à bredouiller quelques mots tels que « je n'ai pas fait semblant de ne pas te voir », « tu imagines des choses », « tu es hypersensible », et « je n'ai pu quitter mes parents ».

Mais je refusai de l'entendre. « Écoute, Conrad, dis-je, tu sais parfaitement bien que j'ai raison. Crois-tu que je ne me rende pas compte que tu ne m'as invité chez toi que lorsque tes parents étaient absents ? Crois-tu vraiment que j'aie imaginé des choses, hier soir ? Il me faut savoir où j'en suis. Je ne veux pas te perdre, tu le sais... J'étais seul avant ta venue et je serais plus seul encore si tu me rejetais, mais je ne puis supporter l'idée que tu as trop honte de moi pour me présenter à tes parents. Comprends-moi. Je ne me soucie guère de relations sociales avec tes parents, sinon une fois pour cinq minutes, de façon à ne pas me sentir un intrus chez toi. D'ailleurs, je préfère être seul plutôt qu'humilié. Je vaux autant que tous les Hohenfels du monde. Sache que je ne permettrai à *personne* de m'humilier, fût-il roi, prince ou comte. »

Courageuses paroles, mais j'étais maintenant au bord des larmes et n'eus guère pu poursuivre si Conrad ne m'avait interrompu. « Mais je n'ai aucune envie de t'humilier. Comment le pourrais-je ? Tu es, tu le sais, mon seul ami. Et tu sais que je t'aime plus que quiconque. Tu sais que j'étais seul, moi aussi, et que si je te perdais, je perdrais l'unique ami en qui je puisse avoir confiance. Comment aurais-je pu

93

avoir honte de toi? Toute la classe ne connaît-elle pas notre amitié? N'avons-nous pas voyagé ensemble tout alentour? T'est-il jamais venu à l'idée que j'avais honte de toi? Et tu oses insinuer une chose pareille!

— Oui, dis-je, maintenant plus calme, je te crois. Je te crois entièrement. Mais pourquoi, hier, étais-tu si différent? Tu aurais pu me parler un instant et te montrer conscient de mon existence. Je n'attendais pas grand-chose. Juste un signe de tête, un sourire, un geste de la main, cela eût suffi. Pourquoi es-tu si différent quand tes parents sont là? Pourquoi n'ai-je pas fait leur connaissance? Tu connais mon père et ma mère. Dis-moi la vérité. Il doit y avoir une raison pour que tu ne m'aies pas présenté à eux et la seule raison qui me vienne à l'esprit est que tu crains que tes parents ne soient réprobateurs à mon égard. »

Il hésita un moment. « Eh bien, dit-il, *tu l'as voulu, George Dandin, tu l'as voulu*[1]. Tu veux la vérité, tu l'auras. Comme tu l'as vu — et comment pouvais-tu ne pas le voir — je n'ai pas *osé* te présenter. La raison, j'en

1. En français dans le texte (*N.d.T.*).

jure par tous les dieux, n'a rien à voir avec le fait d'être honteux — là tu es dans l'erreur — et est beaucoup plus simple et plus désagréable. Ma mère descend d'une famille polonaise distinguée, jadis royale, et elle hait les Juifs. Pendant des centaines d'années, les Juifs n'existaient pas pour les gens de cette sorte, ils étaient plus vils que les serfs, l'excrément de la terre, des intouchables. Elle déteste les Juifs. Elle en a peur, bien qu'elle n'en ait jamais rencontré un seul. Si elle était mourante et que ton père pût la sauver, je ne suis pas certain qu'elle le ferait appeler. Elle n'admettra jamais l'idée de faire ta connaissance. Elle est jalouse de toi parce que toi, juif, tu t'es fait un ami de son fils. Elle pense que le fait qu'on me voie avec toi est une tache sur le blason des Hohenfels. De plus, elle a peur de toi. Elle croit que tu as sapé ma foi religieuse, que tu es au service de la juiverie mondiale, ce qui revient simplement à dire le bolchevisme, et que je serai la victime de tes machinations diaboliques. Ne ris pas, elle parle sérieusement. J'en ai discuté avec elle, mais elle se borne à répéter : " Mon pauvre enfant, ne vois-tu pas que tu es déjà entre leurs mains ? Tu parles déjà comme

95

un Juif. '' Et si tu veux toute la vérité, il m'a fallu lutter pour chaque heure passée avec toi. Et le pire de tout est que je n'ai pas osé te parler hier soir parce que je ne voulais pas te blesser. Non, mon cher ami, tu n'as pas le droit de me faire des reproches, tu n'en as pas le droit, je t'assure. »

Je regardais fixement Conrad, qui, tout comme moi, était bouleversé. « Et ton père ? balbutiai-je.

— Oh, mon père ! C'est différent. Peu lui importe qui je fréquente. Pour lui, un Hohenfels sera toujours un Hohenfels où qu'il soit et quelles que soient ses fréquentations. Si tu étais *une* juive, ce serait peut-être autre chose. Il te soupçonnerait de vouloir mettre le grappin sur moi. Et il n'aimerait pas ça du tout. Bien entendu, si tu étais immensément riche, il pourrait, je dis bien il pourrait, envisager la possibilité d'un mariage, mais, même alors, il détesterait blesser ma mère dans ses sentiments. Vois-tu, il est encore très amoureux d'elle. »

Jusqu'ici, il avait réussi à rester calme, mais soudain, emporté par l'émotion, il me cria : « Ne me regarde pas avec ces yeux de chien battu ! Suis-je responsable de mes parents ? Y suis-je pour quelque chose ? Me blâmerais-tu parce qu'ainsi va le monde ? N'est-il pas temps pour nous deux de faire preuve de maturité, de renoncer au rêve et d'affronter la réalité ? » Après cet éclat, il s'apaisa. « Mon cher Hans, dit-il avec une grande douceur, accepte-moi tel que j'ai été créé par Dieu et par des circonstances indépendantes de ma volonté. J'ai tenté de te cacher tout cela, mais j'aurais dû comprendre que je ne pourrais te leurrer bien longtemps et avoir le courage de t'en parler avant. Mais je suis un lâche. Je ne pouvais simplement pas supporter l'idée de te blesser. Pourtant, je ne suis pas entièrement à blâmer : tu rends vraiment très difficile à quiconque d'être à la hauteur de tes idées sur l'amitié ! Tu escomptes trop de simples mortels, mon cher Hans. Essaie donc de me comprendre et de me pardonner et continuons à être amis. »

Je lui tendis la main, n'osant le regarder en face, car nous aurions pu nous mettre à pleurer, tous deux ou l'un de nous. Nous n'avions que seize ans, après tout. Lentement, Conrad referma la grille de fer qui devait me séparer de son monde. Il savait et je savais que je ne pourrais jamais plus franchir cette frontière et que la résidence des Hohenfels m'était fermée à jamais. Il alla lentement jusqu'à la porte, toucha légèrement un bouton et la porte s'ouvrit silencieusement et mystérieusement. Il se retourna et me fit un signe de la main, mais je m'abstins de le lui rendre. Mes mains étreignaient les barreaux de fer comme celles d'un prisonnier implorant sa délivrance. Les griffons, avec leur bec et leurs griffes comme des faucilles, abaissaient sur moi leur regard, élevant très haut et triomphalement l'écu des Hohenfels.

Il ne m'invita plus jamais chez lui et je lui sus gré d'en avoir le tact. Rien d'autre ne semblait avoir changé. Nous nous rencontrions comme auparavant, comme si rien n'était survenu, et il venait voir ma mère, mais de plus en plus rarement. Tous deux savions que les choses ne seraient jamais plus comme avant et que c'était le commencement de la fin de notre amitié et de notre enfance.

XVI

Et la fin ne fut pas longue à venir. La
tempête, qui avait commencé à souffler de
l'est, atteignit la Souabe. Sa violence s'ac-
crut jusqu'à la force d'une tornade et ne
s'apaisa que quelque douze années plus
tard lorsque Stuttgart fut aux trois quarts
détruit, Ulm, la ville médiévale, un amas de
décombres et Heilbronn une ruine où douze
mille personnes avaient péri.

Quand je retournai en classe après les
vacances d'été, passées en Suisse avec mes
parents, la sinistre réalité pénétra dans le
Karl Alexander Gymnasium pour la première fois depuis la Première Guerre mondiale. Jusqu'alors, et pendant beaucoup
plus longtemps que je ne m'en étais rendu
compte à l'époque, le lycée avait été un
temple des humanités dans lequel les Phi-

listins n'avaient jamais encore réussi à introduire leur technologie et leur politique. Homère et Horace, Euripide et Virgile y étaient encore plus importants que tous les inventeurs et les maîtres provisoires du monde. Une centaine des élèves avaient été, il est vrai, tués dans la dernière guerre, mais cela était arrivé aux Spartiates, aux Thermopyles et aux Romains à Cannes. Mourir pour la patrie avait été suivre leur exemple consacré par l'usage.

Noble est celui qui tombe au front de la bataille, combattant bravement pour son pays natal,
et pitoyable est celui qui, choisissant d'être un renégat,
un sans-patrie, de ses champs fertiles a pris la fuite.

Mais prendre part aux querelles politiques était une autre histoire. Comment aurait-on pu attendre de nous de suivre les événements du jour alors que nos professeurs d'histoire ne nous avaient jamais appris quoi que ce fût sur ce qui s'était passé depuis 1870 ? Comment eût-il été possible à ces pauvres diables d'englober dans les deux heures par semaine qui leur étaient octroyées les Grecs et les Romains, les empereurs du Saint Empire et les rois souabes, Frédéric le Grand, la Révolution française, Napoléon et Bismarck ? Bien entendu, nous ne pouvions maintenant ignorer ce qui se passait hors du temple. Il y avait dans toute la ville d'énormes affiches rouge sang dénonçant Versailles et s'élevant contre les Juifs ; partout des croix gammées, la faucille et le marteau défiguraient les murs et de longues processions de chômeurs défilaient dans les rues ; mais dès que nous nous retrouvions à l'intérieur, le temps s'arrêtait et la tradition reprenait ses droits.

Un nouveau professeur d'histoire, Herr Pompetzki, arriva au milieu de septembre. Il venait de quelque part entre Dantzig et Königsberg et était probablement le premier Prussien à enseigner au lycée. Son ton cassant et ses mots écourtés semblaient étranges à des oreilles habituées au lent et rustique dialecte souabe.

Il commença ainsi son cours : « Messieurs, il y a histoire et histoire. Il y a celle qui est pour le moment consignée dans vos livres et l'histoire qui sera bientôt. Vous savez tout de la première, mais rien de la seconde parce que certaines puissances des ténèbres dont j'espère vous parler ont intérêt à vous la dissimuler. Pour l'instant, en tout cas, appelons-les " puissances des ténèbres ", puissances qui sont partout à l'œuvre : en Amérique, en Allemagne, mais particulièrement en Russie. Ces puissances, plus ou moins habilement déguisées, influencent notre mode de vie, sapent notre morale et notre héritage national. " Quel héritage ? " demanderez-vous. " De quoi voulez-vous parler ? " Messieurs, n'est-il pas incroyable que vous ayez à le demander ? Que vous n'ayez pas entendu parler de l'inestimable présent qui nous a été dévolu ? Laissez-moi vous dire ce qu'a signifié cet héritage au cours des trois derniers millénaires. Aux environs de l'an 1800 avant Jésus-Christ, certaines tribus aryennes, les Doriens, firent leur apparition en Grèce. Jusqu'alors, la Grèce, pauvre région montagneuse habitée par des gens de race inférieure, sommeillait, impuissante, patrie de barbares, sans passé et sans avenir. Mais peu de temps après la venue des Aryens, la scène changea complètement et, ainsi que nous le savons tous, la Grèce s'épanouit en la civilisation la plus brillante dans l'histoire de l'humanité. Et maintenant, avançons dans le temps. Vous avez tous appris comment une ère d'obscurantisme a suivi la chute de Rome. Croyez-vous que le fait que, peu de temps après la descente en Italie des empereurs germaniques, la Renaissance ait commencé, soit un pur hasard ? Ou n'est-il pas plus que probable que c'est le sang germanique qui fertilisa les terres italiennes, stériles depuis la chute de Rome ? Est-ce une simple coïncidence si les deux plus grandes civilisations sont nées si peu de temps après la venue des Aryens ? »

Il continua ainsi pendant une heure. Il évita prudemment de nommer les « puissances des ténèbres », mais je savais, et tout le monde savait qui il entendait par là, et, dès qu'il fut sorti, éclata une violente discussion à laquelle je m'abstins de prendre part. La plupart des garçons admirent que tout cela n'était que sottise. « Et la civilisation chinoise ? » s'écria Frank. « Et les Arabes ? Et les Incas ? Cet idiot n'a-t-il jamais entendu parler de Ravenne ? »

Mais quelques élèves, surtout parmi les cancres, dirent qu'il y avait quelque chose de plausible dans sa théorie. Comment expliquer autrement la mystérieuse ascension de la Grèce si tôt après l'arrivée des Doriens ?

Mais quoi que pussent penser les élèves de Pompetzki et de ses théories, sa venue sembla avoir changé du jour au lendemain toute l'atmosphère de la classe. Jusqu'alors, je ne m'étais jamais heurté à plus d'animosité que celle que l'on trouve généralement parmi des garçons de classes sociales et d'intérêts différents. Personne ne semblait avoir une opinion bien arrêtée à mon sujet et je n'avais jamais subi d'intolérance religieuse ou raciale. Mais lorsque j'arrivai au lycée un matin, j'entendis à travers la porte close de ma classe le bruit d'une violente discussion. « Les Juifs, entendis-je, les Juifs. » Ces mots étaient les seuls que je pusse distinguer, mais ils se répétaient en chœur et l'on ne pouvait se méprendre sur la passion avec laquelle ils étaient proférés.

J'ouvris la porte et la discussion cessa brusquement. Six ou sept garçons, debout, formaient un groupe. Ils me regardèrent fixement comme s'ils ne m'avaient jamais vu. Cinq d'entre eux gagnèrent leur place en traînant les pieds, mais deux autres, Bollacher, l'inventeur de « Castor et Pollack », qui me parlait à peine depuis un mois, et Schulz, un rustre agressif qui pesait bien soixante-seize kilos, fils d'un pauvre pasteur de village, destiné à suivre la voie de son père, me regardèrent droit dans les yeux. Bollacher ricana — cette sorte de ricanement supérieur et stupide qu'arborent certaines personnes lorsqu'elles voient un babouin au zoo — mais Schulz, se pinçant le nez comme s'il sentait une mauvaise odeur, me dévisagea d'un air provoquant. J'hésitai un instant. Je pensais avoir une chance sur deux au moins de terrasser ce gros lourdaud, mais je ne voyais pas comment cela pourrait arranger les choses. Une trop grande quantité de poison s'était déjà infiltrée dans l'atmosphère du lycée. J'allai donc à ma place et fis semblant de jeter un dernier coup d'œil sur mes devoirs du soir, à l'exemple de Conrad, qui se donnait un air trop occupé pour prêter attention à ce qui se passait.

Or, encouragé par mon indécision à relever le défi de Schulz, Bollacher se précipita vers moi. « Pourquoi ne retournes-tu pas en Palestine, d'où tu es venu ? » hurla-t-il. Et, tirant de sa poche un petit bout de papier imprimé, il le lécha et le colla sur mon banc, devant moi. Il y était écrit : « Les Juifs ont ruiné l'Allemagne. Citoyens, réveillez-vous ! »

— Ote-moi ça, dis-je.

— Ote-le toi-même, répondit-il. Mais attention, si tu le fais, je te casse la figure.

C'était le moment critique. La plupart des garçons, y compris Conrad, se levèrent pour voir ce qui allait se passer. Cette fois, j'avais trop peur pour hésiter. C'était vaincre ou mourir. De toutes mes forces, je frappai Bollacher au visage. Il chancela, puis revint vers moi. Ni l'un ni l'autre n'avions la moindre expérience de la lutte ; dans ce combat, les règles étaient ignorées... oui, mais c'était également nazi contre juif, et je me battais pour la meilleure cause.

Le sentiment passionné qui m'animait alors eût pu ne pas suffire à me tirer de là si Bollacher, en voulant m'assener un coup que j'évitai, n'avait trébuché et ne s'était coincé entre deux pupitres au moment où Pompetzki en personne entrait dans la classe. Bollacher se mit sur pied. Me désignant du doigt tandis que des larmes de mortification coulaient sur ses joues, il dit :

— Schwarz m'a attaqué.

Pompetzki me regarda.

— Pourquoi avez-vous attaqué Bollacher ?

— Parce qu'il m'a insulté, dis-je, tremblant de tension et de rage.

— Il vous a insulté ? Que vous a-t-il dit ? demanda Pompetzki avec douceur.

— Il m'a dit de retourner en Palestine, répondis-je.

— Oh, je vois, dit Pompetzki avec un sourire, mais ce n'est pas une insulte, mon cher Schwarz ! C'est plutôt un conseil amical. Asseyez-vous tous les deux. Si vous voulez vous battre, battez-vous dehors autant que vous voudrez. Mais souvenez-vous, Bollacher, qu'il vous faut être patient. Bientôt, tous nos problèmes seront résolus. Et maintenant, revenons à notre cours d'histoire.

Dans la soirée, quand vint l'heure de rentrer, j'attendis jusqu'à ce que tout le monde fût parti. J'avais encore un faible espoir qu'*il* me guetterait, me viendrait en aide, me consolerait au moment où j'avais le plus besoin de lui. Mais, quand je sortis, la rue était aussi froide et vide qu'une plage un jour d'hiver.

Dès lors, je l'évitai. Il eût été embarrassant pour lui d'être vu avec moi et j'espérais qu'il me saurait gré de ma décision. J'étais seul désormais. Il était rare qu'on me parlât. Max-les-Biceps, qui portait maintenant une petite svastika d'argent sur sa veste, ne me mettait plus à l'épreuve. Les vieux professeurs eux-mêmes semblaient m'avoir oublié. J'en étais plutôt heureux. Le long et cruel processus du déracinement avait déjà commencé. Déjà les lumières qui m'avaient guidé allaient s'affaiblissant.

XVII

Un jour, au début de décembre, où j'étais rentré à la maison, fatigué, mon père m'emmena dans son cabinet de consultation. Il avait vieilli au cours des six derniers mois et semblait avoir une certaine difficulté à respirer. « Assieds-toi, Hans, j'ai à te parler. Ce que je vais te dire te causera un choc. Ta mère et moi avons décidé de t'envoyer en Amérique, pour l'instant en tout cas, jusqu'à ce que la tempête se soit calmée. Nos parents à New York s'occuperont de toi et feront en sorte que tu ailles à l'université. Nous croyons que c'est ce qui vaudra le mieux pour toi. Tu ne m'as pas parlé de ce qui se passe au lycée, mais nous pouvons imaginer que cela n'a pas été facile pour toi. A l'université, ce serait encore pis. Oh, la séparation ne sera pas longue ! Nos compatriotes reviendront à la raison d'ici quelques années. Quant à nous, nous resterons ici. C'est notre patrie et notre foyer. Ce pays est le nôtre et nous ne laisserons pas un " sale Autrichien " nous le voler. Je suis trop vieux pour changer mes habitudes, mais tu es jeune, tu as tout l'avenir devant toi. Et maintenant, ne fais pas d'objections, ne discute pas, ce n'en serait que plus dur pour nous. Et, pour l'amour du ciel, ne dis rien pour quelque temps. »

Et la chose fut ainsi réglée. Je quittai le lycée à la Noël et, le 19 janvier, mon jour d'anniversaire, presque exactement un an après l'entrée de Conrad dans ma vie, je partis pour l'Amérique. Deux jours avant mon départ, je reçus deux lettres. L'une d'elles était en vers, effort combiné de Bollacher et de Schulz :

Petit youpin, nous te disons adieu.
Puisses-tu rejoindre en enfer Moïse et Isaac.

Petit youpin, où iras-tu ?
Rejoindre les Juifs en Australie ?

Petit youpin, ne reviens jamais,
Sinon nous te tordrons le cou.

La seconde lettre était ainsi conçue :

Mon cher Hans,

C'est là une lettre difficile. Laisse-moi d'abord te dire combien je suis triste de te voir partir pour l'Amérique. Il ne peut être aisé pour toi, qui aimes l'Allemagne, de commencer une vie nouvelle en Amérique, pays avec lequel toi et moi n'avons rien en commun, et j'imagine ton amertume et ton chagrin. D'autre part, c'est probablement la chose la plus sensée que tu puisses faire. L'Allemagne de demain sera différente de celle que nous avons connue. Ce sera une Allemagne nouvelle sous la conduite de l'homme qui va décider de notre destin et de celui du monde entier pour des siècles à venir. Tu seras scandalisé si je te dis que je crois en cet homme. Lui seul peut préserver notre pays bien-aimé du matérialisme et du bolchevisme ; c'est grâce à lui seul que l'Allemagne regagnera l'ascendant moral qu'elle a perdu par sa propre folie. Tu n'en conviendras pas, mais je ne vois pas d'autre espoir pour l'Allemagne. Il nous faut choisir entre Staline et Hitler, et je préfère Hitler. Sa personnalité et sa sincérité m'ont impressionné plus que je ne l'eusse cru possible. J'ai fait récemment sa connaissance alors que je me trouvais à Munich avec ma mère. Extérieurement, c'est un petit homme quelconque, mais, dès qu'on l'écoute, on est entraîné par sa force de conviction, sa volonté de fer, sa violence inspirée et sa perspicacité prophétique. En sortant, ma mère était en larmes et ne cessait de répéter : « C'est Dieu qui nous l'a envoyé. » Je suis plus fâché que je ne saurais dire de ce que, pour un certain temps — peut-être un an ou deux — il n'y aura pas place pour toi dans cette Nouvelle Allemagne. Mais je ne vois pas pourquoi tu ne reviendrais pas plus tard. L'Allemagne a besoin de gens comme toi et je suis convaincu que le Führer est parfaitement capable et désireux de choisir, parmi les éléments juifs, entre les bons et les indésirables.

Car celui qui vit près de son lieu d'origine
répugne à le quitter.

Je suis heureux que tes parents aient décidé de rester. Bien entendu, personne ne les molestera et ils pourront vivre et mourir ici en paix et en sécurité.

Peut-être, un jour, nos chemins se croiseront-ils de nouveau. Je me souviendrai toujours de toi, cher Hans ! Tu as eu sur moi une grande influence. Tu m'as appris à penser, et à douter, et, grâce au doute, à trouver Notre-Seigneur et Sauveur Jésus-Christ.

Bien à toi,

Conrad v. H.

XVIII

C'est ainsi que je suis venu en Amérique, où je vis depuis trente ans.

Lorsque j'y arrivai, j'allai au collège, puis à l'université de Harvard, où j'étudiai le droit. Cette idée m'avait fortement déplu. Je voulais être poète, mais le cousin de mon père ne supportait pas que l'on déraisonnât. « La poésie, la poésie, avait-il dit, te prends-tu pour un nouveau Schiller ? Combien un poète gagne-t-il ? D'abord, tu étudieras le droit. Ensuite, tu pourras écrire autant de poèmes que tu voudras en temps perdu. »

J'étudiai donc le droit, devins avocat à vingt-cinq ans et épousai une jeune fille de Boston, dont j'ai un enfant. En tant qu'avocat, je ne m'en suis pas « trop mal tiré », comme disent les Anglais, et la plupart des gens en conviendraient.

En apparence, ils auraient raison. J'ai

« tout » ce qu'on peut souhaiter : un appartement donnant sur Central Park, des voitures, une maison de campagne, j'appartiens à plusieurs clubs juifs, et ainsi de suite. Mais je sais à quoi m'en tenir. Je n'ai jamais réalisé ce que je voulais vraiment : écrire un bon livre et *un* bon poème. Au début, je manquais de courage pour me mettre à l'œuvre parce que je n'avais pas d'argent, mais maintenant que j'ai de l'argent, je n'en ai pas le courage parce que je manque de confiance. De sorte que, dans mon for intérieur, je me considère comme un raté. Non que cela importe vraiment. *Sub specie aeternitatis*, nous sommes tous, sans exception, des ratés. Je ne sais où j'ai lu que « la mort sape notre confiance dans la vie en nous montrant qu'en fin de compte tout est également futile devant les ténèbres finales ». Oui, « futile » est le mot approprié. Je ne dois pourtant pas me plaindre ; j'ai plus d'amis que d'ennemis et il y a des moments où je suis presque heureux de vivre : quand je regarde le soleil se coucher et la lune se lever, ou lorsque je vois la neige au sommet des montagnes. Et il y a d'autres compensations, quand je suis à même d'exercer l'influence que je puis avoir pour une cause que je crois bonne : l'égalité raciale ou l'abolition de la peine capitale, par exemple. J'ai été satisfait de ma réussite financière parce qu'elle m'a permis de faire quelque chose pour aider les Juifs à édifier Israël et les Arabes à établir certains de leurs réfugiés. J'ai même envoyé de l'argent en Allemagne.

Mes parents sont morts, mais je suis heureux de dire qu'ils n'ont pas fini à Belsen. Un jour, un nazi fut posté devant le cabinet de consultation de mon père, portant cet écriteau : « Allemands, prenez garde. Évitez tous les Juifs. Quiconque a affaire à un Juif est souillé. » Mon père revêtit son uniforme d'officier, arbora toutes ses décorations, y compris la Croix de fer de première classe, et se mit en faction à côté du nazi. Le nazi devint de plus en plus embarrassé et une foule s'assembla peu à peu. Les gens se tinrent d'abord silencieux, mais, comme leur nombre allait croissant, il y eut des murmures qui éclatèrent finalement en railleries agressives.

Mais c'était au nazi que s'adressait leur hostilité et c'est le nazi qui plia bientôt bagage et disparut. Il ne revint pas et ne fut pas remplacé. Quelques jours plus tard, alors que ma mère dormait, mon père ouvrit le gaz et c'est ainsi qu'ils moururent. Depuis leur mort, j'ai, autant que possible, évité de rencontrer des Allemands et n'ai pas ouvert un seul livre allemand, pas même Hölderlin. J'ai essayé d'oublier.

Bien entendu, quelques Allemands ont inévitablement croisé mon chemin, de braves gens qui avaient fait de la prison pour s'être opposés à Hitler. Je me suis assuré de leur passé avant de leur serrer la main. Il faut être prudent avant d'accepter un Allemand. Qui sait si celui auquel on parle n'a pas trempé ses mains dans le sang de vos amis ou de votre famille ? Mais, pour ceux-là, aucun doute n'était possible. En dépit de leurs états de services dans la résistance, ils ne pouvaient s'empêcher d'éprouver un sentiment de culpabilité et j'en avais du regret pour eux. Mais, même avec eux, je prétendais avoir du mal à parler allemand.

C'est là une sorte de façade protectrice que j'adopte presque inconsciemment (inconsciemment dans une certaine mesure, pourtant) quand il me faut converser avec un Allemand. Naturellement, je parle encore parfaitement bien la langue, en faisant la part de mon accent américain, mais je déteste l'employer. Mes blessures ne sont pas cicatrisées, et chaque fois que l'Allemagne se rappelle à moi, c'est comme si on les frottait de sel.

Un jour, je rencontrai un homme du Wurtemberg et lui demandai ce qui s'était passé à Stuttgart.

— Les trois quarts de la ville ont été détruits, dit-il.

— Qu'est-il advenu du Karl Alexander Gymnasium ?

— Des décombres.

— Et du Palais Hohenfels ?

— Des décombres.

Je me mis à rire sans fin.

— Qu'est-ce qui vous fait rire ? demanda-t-il, étonné.

— Oh, peu importe, dis-je.

— Mais il n'y a rien de drôle là-dedans, dit-il. Je ne vois pas où est le comique de l'histoire.

— Peu importe, répétai-je. Il n'y a rien de comique dans l'histoire.

Qu'aurais-je pu dire d'autre ? Comment aurais-je pu lui expliquer pourquoi je riais quand je ne pouvais le comprendre moi-même ?

XIX

Tout cela m'est revenu aujourd'hui en mémoire lorsque, de façon inattendue, me parvint du Karl Alexander Gymnasium un appel de fonds accompagné d'un fascicule contenant une liste de noms. On me demandait de souscrire à l'érection d'un monument aux morts à la mémoire des élèves tombés dans la Seconde Guerre mondiale. Je ne sais comment on avait eu mon adresse. Je ne puis non plus m'expliquer comment on avait découvert que, il y avait de cela mille ans, j'avais été « l'un des leurs ». Mon premier mouvement fut de jeter le tout dans la corbeille à papiers. Pourquoi me tracasser à propos de « leur » mort : je n'avais rien à voir avec « eux », absolument rien. Cette partie de moi-même n'avait jamais été. J'avais retranché dix-sept ans de ma vie sans leur rien demander,

119

à « eux », et voici qu' « ils » attendaient de
« moi » une contribution !

Mais je changeai finalement d'idée et lus
l'appel. Quatre cents des garçons avaient
été tués ou portés disparus. Leurs noms
étaient cités par ordre alphabétique. Je les
parcourus, évitant la lettre « H ».

« ADALBERT, Fritz, tué en Russie en
1942. » Oui, il y avait eu dans ma classe un
élève de ce nom. Mais je ne pouvais me le
rappeler. En vie, il devait avoir été aussi
insignifiant pour moi qu'il l'était maintenant dans la mort. Il en était de même pour
le nom suivant, « BEHRENS, Karl, porté
disparu en Russie, présumé mort. »

Et c'étaient là des garçons que j'eusse pu
avoir connus pendant des années, qui
avaient un jour été vivants et pleins d'espérance, qui avaient ri et vécu tout comme
moi.

« FRANK, Kurt. » Oui, je me souvenais de
lui. C'était l'un des trois membres du
Caviar, un gentil garçon, et je me sentis
désolé pour lui.

« MÜLLER, Hugo, mort en Afrique. » Je
me le rappelais, lui aussi. Je fermai les yeux
et ma mémoire me présenta, comme un
daguerréotype quelque peu estompé, la

120

vague silhouette d'un garçon blond avec des fossettes, mais rien de plus. Il était mort, tout simplement. Pauvre garçon !

C'était différent pour « BOLLACHER, mort, sépulture inconnue ». C'était bien fait... si quelqu'un méritait jamais de se faire tuer (dans la mesure où « si » est le mot pivot). Il en était de même pour Schulz. Oh, ceux-là, je me les rappelais fort bien. Je n'avais pas oublié leur poème. Comment commençait-il ?

Petit youpin, nous te disons adieu.
Puisses-tu rejoindre en enfer Moïse et Isaac.

Oui, ils méritaient d'être morts, *si* quelqu'un le méritait jamais.

Je continuai à parcourir toute la liste sauf les noms commençant par « H », et, quand j'eus fini, je vis que vingt-six garçons de ma classe, sur quarante-six, étaient morts pour « das 1000-jährige Reich ».

Je reposai la liste... et attendis.

J'attendis dix minutes, une demi-heure, sans quitter du regard ces pages imprimées qui émanaient de l'enfer de mon passé antédiluvien et avaient fait irruption pour me troubler l'esprit et me rappeler quelque chose que je m'étais tant efforcé d'oublier.

Je travaillai un peu, donnai quelques coups de téléphone et dictai quelques lettres. Et je ne pouvais encore ni délaisser cet appel, ni me forcer à chercher le nom qui m'obsédait.

Je décidai finalement de détruire cette chose atroce. Avais-je vraiment envie ou besoin de savoir ? S'il était mort ou vivant, quelle différence cela ferait-il pour moi, puisque, de toute façon, je ne le reverrais jamais ?

Mais en étais-je bien certain ? Était-il absolument hors de question que la porte pût s'ouvrir pour lui laisser passage ? Et n'étais-je pas, en cet instant même, en train de prêter l'oreille pour entendre son pas ?

Je saisis le fascicule et j'étais sur le point de le mettre en pièces lorsque, au dernier moment, je retins ma main. M'armant de courage, tremblant, je l'ouvris à la lettre « H » et lus :

« Von Hohenfels, Conrad, impliqué dans le complot contre Hitler. *Exécuté.* »

Impression Bussière à Saint-Amand (Cher),
le 23 novembre 1988.
Dépôt légal : novembre 1988.
1ᵉʳ dépôt légal dans la collection : avril 1983.
Numéro d'imprimeur : 6584.

ISBN 2-07-037463-7./Imprimé en France.